DU MÊME AUTEUR

Aux Éditions Gallimard

dans la collection Le Chemin

ROSE POUSSIÈRE

TÉLEX N° 1

dans la collection L'Infini

INGRID CAVEN

L'Infini

Collection dirigée
par Philippe Sollers

JEAN-JACQUES SCHUHL

ENTRÉE DES FANTÔMES

roman

nrf

GALLIMARD

Il a été tiré de l'édition originale de cet ouvrage
cinquante exemplaires sur vélin pur fil
des papeteries Malmenayde numérotés de 1 *à* 50.

I

Le Mannequin

La porte de l'ascenseur s'ouvre. Le cardinal et le mannequin font quelques pas, s'arrêtent un instant devant les escaliers qui conduisent jusqu'au hall en bas et, à les voir descendre lentement, le regard au loin, on aurait pu croire deux vedettes d'une revue de Broadway : lui aussi il les avait répétés, ses gestes, le port de tête, la démarche, le moindre de ses mouvements pendant les rituels liturgiques. « Alors nous sommes bien d'accord ? » Athlétique, une énergie contenue, il parlait sans la regarder. « La voiture vous attendra. Au Club vous recevrez des instructions. Vous filerez à l'aéroport. » Elle eut un petit hochement de tête. « De nouveaux ordres vous seront communiqués au fur et à mesure en cours de route. Votre mission s'achèvera sans doute au Grand Dôme du Millenium, dans un bar de nuit qui s'appelle L'Angle du Hasard. » Ils avançaient, tout proches l'un de l'autre, au ralenti, à contretemps des clients de l'hôtel, tous pressés, qui ignoraient ce couple intrigant comme s'il était invisible. La jeune fille était poreuse, la plaque hypersensible d'une pellicule TRI.X ultrarapide :

tout l'impressionnait, elle reflétait le temps tout le temps. Et ce visage enfantin animal qui était devenu célèbre bien que ou parce qu'il n'avait apparemment rien d'extraordinaire dans sa morphologie et les photographes pouvaient le métamorphoser à leur gré en une fraction de seconde et les jeunes filles du monde entier facilement s'y projeter ensuite. Mais elle si déliée d'ordinaire et qui, hors des studios, manifestait toujours un côté naturel, coiffure châtain défaite, le regard vif, pas de maquillage, avait ce soir de lourds yeux d'algue, un fond de teint blafard, des cheveux blonds de film noir, gagnée par la torpeur, elle paraissait sous une emprise. « Maintenant, je vais devoir vous abandonner. Je le regrette. Voyez-vous, je me disais… finalement, nous sommes un peu proches… Comment dire ça ? — le cardinal ébaucha un sourire — … des envoyés, des ambassadeurs… et si peu, ou même rien, de par nous-mêmes… » Il marqua un silence, il pensait : un diamant réfléchissant mais rien de par lui-même — ça sonnait un peu précieux, littéraire, trop poétique, à garder pour lui — puis : « … à force un peu en marge… en un sens pas très humains après tout… »

Et il entra dans la porte-tambour qui s'était mise à tourner et il disparut de l'autre côté dans la nuit.

« … A… » ! C'est tout ce qu'avait entendu le groom, les autres lettres avaient été avalées par les aspirateurs dans le vaste hall désert ou elles s'étaient envolées vers les galeries suspendues, les balcons, la grande coupole en verre tout là-haut, peut-être au-delà. Sur la courbe de ses lèvres avait-il lu un autre *a* ? Dans sa légère mousseline de soie, elle tenait entre deux doigts le ruban qui nouait une pochette en papier savamment pliée, le regard fixé au loin sur la porte-tambour dont les vitres reflétaient le tremblé des lumières de l'avenue. « Anna ? Asia ? » Une, deux syllabes. « Talia ? » Europe centrale ? Orientale ? « Anja ? »

« Vous allez à la soirée, alors... ? » Elle ne répondait pas, elle était ailleurs. Deux garçons japonais, costumes T-shirts noirs, un masque de coton sur le visage, passaient les aspirateurs selon de mystérieux tracés, près d'une vitrine où était exposé un chat en jaspe vert aux yeux vides, et cette tâche vulgaire liée aux rebuts prit un instant l'air d'une ésotérique fonction sacrée.

« L'invitation !..., il désignait la pochette, vingt personnes y réfléchissent, travaillent à ça. Une fois, c'était trois mille hosties sur des bristols noirs pour la soirée religion, ou alors un œuf qu'il fallait percer pour voir s'inscrire à l'intérieur l'heure et le lieu, ou bien une carte à jouer et un revolver miniature pas plus grand que la carte : vous tiriez dans le cœur du valet de cœur et une voix expirante livrait le code de la nuit. Le rapport entre les invitations et les soirées n'est pas clair du tout, pour ne pas dire inexistant ! Mais qu'importe ! De toute façon l'invitation est plus importante que la soirée.

— Ah ? »

Elle avait le regard toujours relié à la porte-tambour qui tournait lentement pour personne.

« ... Et ce club change de nom selon les soirs à l'improviste.

— Qui décide ? D'où vient l'ordre ?

— On l'ignore. C'est comme ça. »

Le garçon savait des choses. Dans son uniforme rouge de groom, avec le calot et les cheveux en banane, il lui rappelait une bande dessinée.

« … et parfois il n'a pas de nom et alors là il s'en passe de drôles. »

Décidément, songeait-elle, on ne peut plus se fier aux mots : la rubrique *Page Four* en page 8, un club qui change de nom !

« C'est un vrai labyrinthe, immense. Une des salles est une ancienne église, il y a encore l'autel, une autre c'est une banque, les coffres sont toujours là avec dedans de vieilles bandes magnétiques, on dit qu'il y a même une maison de jeu… Ah ! Regardez, il est là, le type un peu fou, toujours son vieux chandail et son petit foulard, amoureux d'une danseuse, il lui envoie des mails jour et nuit du standard de l'hôtel, elle ne répond jamais… »

Elle se retourna et regarda dans la direction qu'il lui indiquait du côté des grands escaliers et des lourdes colonnes en marbre, elle ne voyait rien, juste un nègre en livrée qui traversait le hall à grands pas en faisant rouler le plateau rond d'une table tel un valet de piste…

« … désormais on s'amuse, si on peut appeler ça s'amuser, dans cette catacombe sur les ruines des anciennes nuits… ça a son charme. »

Le groom avait pris un ton rêveur et puis, plus vite, l'air pénétré, comme pour une brochure publicitaire :

« … c'est plein de divans de velours rouge. On sert des boissons polaires dont le prix varie de huit mille à quatre-vingt mille roupies. — Pardon ? Roupies ?… — Non, rien… » Il y eut un long silence, comme une gêne. « Bon !… je vais devoir y aller… Je suis attendue… » elle esquissait un mouvement… « Si vous avez besoin… je m'appelle Karl… » elle s'était déjà un peu éloignée, elle s'arrêta un instant sans se retourner… « j'ai connu un garçon… » elle évitait un shopping bag oublié là par terre… « … un écriv… » en faisant un pas sur le côté… « c'était un autre temps, une autre histoire… » elle semblait parler pour elle-même.

« Et vous ? Je n'ai pas entendu votre nom tout à l'heure. — Moi ? C'est Marge ! » et elle s'éloigna, souple et élancée… Allure ! pensa Spirou… Ça alors, mais je ne l'avais pas reconnue, sur les affiches elle fait plus grande, pas aussi jeune et moins sophistiquée. Il la suivit du regard, elle se dirigeait vers la porte-tambour mais une fois devant elle revint lentement sur ses pas comme si elle répondait à un appel et, devant une vitrine tout en hauteur, elle s'arrêta, soudain absorbée par la vue d'un escarpin noir : la courbe ondulée du mince plateau contrastait avec la sévère raideur du talon haut. C'était un moule pour envelopper délicatement le pied en même temps qu'un appareil de torsion et de redressement, il flottait dans l'air, dans la transparence vide de la vitrine de verre. En bas de la vitrine était déroulée une peau d'une incroyable finesse, une feuille d'or, du chevreau, et à côté, presque oubliée, une feuille de papier froissée, arrachée à un registre de commandes. Sous l'en-tête du chausseur, une date, 1942, et un nom : Monsieur le Consul R. de Vasconcellos. Entouré de chiffres et d'énigmatiques inscriptions en partie effacées par le temps, le contour d'un pied à peine encore visible y était dessiné.

L'ombre d'un sourire passe sur le visage de la jeune fille… À présent, du consul honoraire ne restait que le contour d'un pied dans un hall d'hôtel.

« Cette feuille froissée a quelque chose de précieux, mystérieux, plus même que la peau d'or, et que l'escarpin », puis elle s'éloigna comme à regret de la boîte de verre, et s'engagea dans la porte-tambour… et elle fut dehors sous les bannières colorées claquant dans le vent glacé… trois flashes électroniques dans le silence, clins d'œil d'un au-delà… encore deux — un, et le garde du corps, qui était aussi son chauffeur, la précéda : la longue voiture noire aux vitres fumées, profilée, étincelante, attendait, coursier funèbre, un animal, avec, en biais, ses huit veilleuses — pour veiller qui, surveiller quoi, à cette heure-là ? Elle semblait avoir été envoyée de loin et depuis très longtemps pour l'emmener au diable. Il lui ouvrit la portière arrière et elle s'assit bien droite sur la banquette. La limousine démarra en silence, lentement dans la nuit, elle reflétait la rue.

La voiture décrit une large courbe, tout disparaît, tours et forêts, et elle amorce sa descente vers le bas. Les lumières scintillaient au loin à travers la sombre masse des arbres, une résille noir et or. La nuit de la ville, le danger, et un sentiment diffus d'imminence suscitaient en Marge, mêlé à du fatalisme, un obscur désir sans objet.

Derrière les hautes et lourdes portes en bois sculpté entrouvertes, au fond des longs halls éclairés et déserts, découpés sur la nuit, un gardien en livrée, assis à une table où il a posé sa casquette, feuillette un registre d'une main hésitante et lasse, à cette heure déjà un peu tardive, puis il regarde droit devant lui, longtemps, vers l'extérieur, comme depuis l'orée d'un autre monde. Que garde-t-il ? C'est le genre de réflexion que se faisait Vaughan à voix haute, elle s'en souvient, avant de disparaître, enfermé dans la clinique ou devenu clandestin ? Marge ne savait pas.

Elle ouvrit son portable qui clignotait. Sur le fond lumineux liquide du petit écran qui se découpait dans l'obscurité de la voiture étaient inscrits des mots bleus : MARGE, OUVREZ LE PAPIER. Après avoir dénoué le ruban et défait le papier, elle examina l'invitation à la lumière des veilleuses sur le côté : c'était une petite boîte, elle souleva le couvercle et, à l'intérieur, un piège à souris se referma, clac !, sur une capsule en verre soufflé qui explosa, plop !!, libérant un gaz, pshhh !!!, à forte odeur d'ammoniac… et elle fut ailleurs, nulle part, très haut, un vertige, dans l'Éther, dans les airs, désincarnée… vingt, trente secondes et elle redescendit d'un seul coup, elle eut à peine le temps de lire, sur le socle du piège, à la place de l'ampoule de verre, en lettres charbonneuses : 12 12 0H S9 + 1 et les caractères s'envolèrent comme la suie sous le vent, flottant dans l'air encore quelques instants. Elle décrocha avec calme le téléphone intérieur : « On va S9 + 1 et ouvrez la troisième fenêtre arrière, s'il vous plaît » et elle mit ses grandes lunettes fumées. À présent la voiture roulait plus vite. Les arbres, blanc argenté après la neige, filaient sur les côtés dans la nuit vers l'arrière, comme un film en négatif. Elle rabattit la plaquette du siège, ouvrit le tiroir : qui avait oublié là ces longs gants en caoutchouc ? Tout au loin, sur la colline, en partie plongée dans les ténèbres, elle aperçut la forme blanche de la clinique Arensberg qui semblait flotter dans l'air. C'était là qu'on avait enfermé Vaughan après son dernier scandale quand il sortait hagard au milieu de la nuit, l'élégance défaite, elle n'avait plus eu de nouvelles… on ne savait rien… on racontait que là-bas se déroulaient des expériences sur des cerveaux de cobayes, des trafics d'organes échangés contre des armes… grands sacs en plastique, ballets nocturnes d'hélicoptères…

Encore plus haut dans le ciel, visible de tous les points de la Ville et au-delà, jour et nuit, un petit sigle en néon : un parapluie rouge et deux lettres : RÊ : comme un signe cabalistique accolé à une syllabe ésotérique, pièce d'un rébus planétaire posée là par la main géante d'un monstre, d'un dieu, et dont lui seul aurait la phrase entière. Dans la haute Égypte, RÊ avait été la divinité à l'origine de tout. À présent, RÊ était l'abréviation de Réassurance, lui avait dit Spirou, « les Réassureurs sont la plus grosse entreprise du monde, ils assurent les Assureurs qui assurent les catastrophes : naufrages, tremblements de terre, incendies, attentats, crashes, guerres. Ils assurent l'Univers, ils assurent la Mort ». RÊ règne sur la ville. Personne ne lui échappe… ou alors…

La voiture roulait vite et, surgi des ténèbres du contrebas de la route, un bouddha lui sourit : du plastique peint, vernis rouge sombre, or terni, noir, un visage immense. Ça dura une seconde ou deux et la nuit le reprit, ce bouddha made in Taïwan, le pâle sourire n'avait aucun sens, il resta là à flotter encore un peu entre sa rétine et les ténèbres, puis affleura sur son visage comme s'il avait glissé du bouddha de Samsung Électronics sur sa bouche à elle.

La voiture obliqua sud-sud-est et aborda la partie de la Ville qui avait été un repaire de corsaires : gargotes, bordels du port, près du Fleuve, au lieu-dit Les Cinq-Points, le coin de rue le plus dangereux du monde où tout ce qui était répugnant, flétri et délabré se trouvait. C'est là qu'opéraient le Gang des Lapins Morts et les Anges du Marais qui hantaient des labyrinthes de cloaques.

De fantomatiques effluves de ces temps lointains semblaient flotter encore dans l'air, des ombres, certaines voix… elles étaient là, dans cette mégalopole ultramoderne, poussières d'atomes décomposées, recomposées sous d'autres formes.

Elle prit distraitement dans son sac un banal stylo laqué noir au capuchon sans agrafe et le tenant devant sa bouche elle fit « Aaahhh ! », à peine un soupir, et comme par une formule magique un œilleton s'ouvre en son milieu : un centimètre, quatre rainures imperceptibles, un bout de laque se déboîte vers l'intérieur, coulisse sur le côté, comme un volet, découvrant une membrane translucide. Le mécanisme ne réagissait qu'aux fréquences sonores de rares nuances vocales. Il était peut-être resté sourd depuis toujours, comme un simple stylo, ses divers propriétaires n'ayant pas le timbre voulu. Et c'était par hasard que Marge, il y a quelque temps de cela, l'avait vu s'ouvrir la première fois. Un jour elle avait fait Aaahhh ! en pensant à autre chose et cette expiration, juste un souffle, avait, à sa surprise émerveillée, déclenché le glissement du fragment de laque. Elle collait alors son œil sur la membrane et voyait se dérouler des lambeaux de scènes inédites, fugitives et inachevées qui ne revenaient jamais deux fois. Ça ne durait que quelques secondes, une scintillation dans la nuit, quelques furtifs instants de grâce du siècle passé, seule lumière dans la voiture qui roulait dans les ténèbres. Un miroitier de Mayence avait inventé il y a longtemps un mécanisme composé d'un jeu de miroirs à facettes d'un demi-centimètre inclinés et en biseau, avec un double fond. Pour le compte de qui ? Entre quelles mains cet objet était-il passé depuis ? Elle l'avait trouvé un beau soir, la laque brillait sur le sol, en descendant d'un taxi, elle l'avait fourré dans son sac. Et parfois, affalée au fond de la banquette, elle le prenait, murmurait Aaahhh !, le portait devant son œil. Elle contemplait une brève saynète du temps passé qui se présentait sous un angle jamais vu : un maillot or et vert floqué d'un nom : SÔCRATÈS. Le numéro 9 brésilien pose le ballon à ses pieds sur la pelouse. Seul face à la cage, il se signe, marque un temps, effectue sur place un mouvement en trois temps décomposés au ralenti : jambe gauche fixe en pivot, la droite un balancier, 1-2, jeu de bascule du buste avant-arrière-avant : culbuto meccano ? marionnette à fils ? coup pour rien ou pour rire ? Les filets ont tremblé en haut dans l'angle, et le pantin céleste tombe à genoux et se signe pour la deuxième fois. Ces brèves saynètes aux décors et personnages d'un réalisme minutieux baignaient pourtant dans une atmosphère d'ensemble étrange et irréelle : c'est qu'ils semblaient flotter dans un liquide comme du mercure. Étaient-ce des images en 3D ou des personnes réelles, pas miniaturisées mais transposées à une échelle inédite et échappant à nos mesures et qui avaient l'air de se mouvoir dans un autre espace, ni près ni loin, ailleurs ?

Elle refit Aaahhh ! doucement et le petit rectangle en laque se déboîta et coulissa aussitôt. Elle colla son œil dans l'ouverture : il neigeait et c'était comme en apesanteur dans une de ces boules de Noël en verre. Il y avait une enseigne de théâtre bordée d'ampoules multicolores tremblotantes et des lettres de néons rouges autour desquelles voletaient les minuscules flocons : OP NIN NIG T M LON ANDO DESIR TENN SSEE WILL . Un jeune homme, col relevé, l'arête du nez cassée, s'éloignait, comme en apesanteur dans une eau lourde, ténébreux, sourcils froncés, mâchonnant un chewing-gum sous les flashes de magnésium de photographes invisibles. La boule en verre s'éteignit et le volet de laque se referma. Elle tourna la tête vers la fenêtre. L'image du garçon sauvage resta encore un peu sur sa rétine et, un instant, la nuit ancienne de Broadway demeura en surimpression sur celle de maintenant, dans cet obscur no man's land, puis elle s'effaça. D'ailleurs ces noms et ce visage n'évoquaient rien pour elle et elle posait un regard indifférent sur les sombres étendues désertes que venait parfois interrompre, au loin, une ligne de baraquements.

D'une rotation du pouce clic Marge ouvrit son poudrier, elle souriait toujours. Dans le creux de la main à la place du portable il y avait maintenant une boîte à maquillage même format, et à la place de l'écran et des touches du téléphone, c'était un miroir et des poudres de couleurs. Elle pianota dedans avec deux doigts, et de l'index se fit un raccord *ivoire* aux paupières, de l'annulaire une touche de cocaïne entre ses cuisses entrouvertes, sur les lèvres et remonta un peu plus haut, digitale… aaahhh… On apercevait les ponts au loin là-bas, leur bizarre dessin, droits, bombés certains, d'autres descendant en angle sur les premiers, mais tous tellement longs et légers.

On roulait doucement. Comme un diaporama d'images fabriquées venues se dérouler dans le cadre de la fenêtre, les Chinois sur les cyclopousses, fins masques de gaze sur le bas du visage, leurs mèches fluo rouge vert bleu, chevelures cataphotes dans l'obscurité, se reflétaient dans le métal de la carrosserie au milieu des fumées et des vapeurs de brouillard, puis ils glissèrent en arrière comme une transparence.

De longs murs en briques cimentées, une porte en métal, pas de numéro, pas d'enseigne : c'était là. Le toit était une feuille de titanium repoli dépliée, légèrement recourbée : il reflétait le ciel. Cinq voitures d'ambulance étaient garées côte à côte avec leurs pâles ambulanciers hagards en uniformes blancs. Le chauffeur vint lui ouvrir la portière, elle descendit et s'avança, le piège à souris à la main, sous les flashes, beaucoup, comme des buissons ardents. Le physionomiste la reconnut, décrocha le cordon de velours rouge, elle fit quelques pas et la porte en fer de la boîte s'ouvrit automatiquement et se referma sur elle, et elle avança le long d'un corridor de gaze noire, il donnait sur une vaste pièce et là, ce qu'elle vit tout de suite, en premier, c'est les capuchons de Bic par terre, des dizaines : ils avaient contenu des doses de Special K et de Cristal Meth.

Dans sa cage de verre, le scribe était là. Il avait toujours été là : en Égypte, torse nu, accroupi et, posée sur ses jambes en tailleur, la palette : encre rouge et noire, les deux godets, les calames, le papyrus, le couteau : un rituel. Au XIe siècle au Japon, à genoux calligraphiant au pinceau sur des rouleaux les voluptés du « monde flottant » des courtisanes… À la Renaissance, chroniqueur debout consignant sur in-quarto batailles des princes, intrigues de cour. Et le voici ce soir, assis sur un tabouret, une branche de lunettes cassée rattachée avec du sparadrap, nœud papillon, œillet à la boutonnière, il tape à la machine, décrit ce qu'il voit, clic clic clic clac clac, ça n'arrête jamais.

Parfois il s'assoupissait, tapait dans un demi-sommeil, automate auscultant la nuit, en direct sous la dictée du temps clic clic clic. Mais maintenant il n'y avait plus rien à taper, plus rien à écrire parce qu'il ne se passait plus rien, il continuait, faisait semblant.

« Certains soirs, lui avait dit Spirou, il écrit au stylographe sans lever la main, les lettres sont reliées les unes aux autres, ça fait une seule phrase qui ne finit pas, comme la ligne un peu brisée d'un sismographe. »

« On l'appelle le petit scribe bleu », avait-il ajouté.

Elle passa devant la cage, se baissa, genou plié pour ramasser un bout de ruban que le scribe venait de laisser tomber comme par hasard et, en marchant, se l'enroula distraitement au poignet, quelques lettres à l'envers allaient s'y imprimer comme une écriture inconnue en rouge et noir, laissant ses marques d'encre sur la peau : DE L'AUTRE CÔTÉ DU MIROIR MARGE.

Elle parvint devant une paroi en miroir, plaqua dessus le piège à souris et la paroi coulissa. Elle resta sur le seuil, saisie par la violente lumière blanche qui éclairait une vaste pièce à peu près nue. Elle entendait un crissement soyeux : le son venait du frottement d'une aiguille sur les sutures d'un crâne posé sur une colonne en plâtre qui tournait sur elle-même, entraînant le crâne dans sa rotation. Un long saphir parcourait ainsi la suture coronale, les circonvolutions assez semblables aux ondulations serrées que la pointe d'un phonographe antique tracerait dans son cylindre récepteur. Ces sillons, génétiques à l'origine, résultaient pour une part, aussi, des pensées, gestes, lésions et traumas de toute une vie. Et ce bruit premier qu'on entendait était leur relevé sonore. Marge crut percevoir des bribes de phrases incompréhensibles et, chantés d'une voix au sommet du registre aigu, deux mots très lointains : « Ô Rebecca ». Un garçon faisait des pas de danse sur place au ralenti au son de la boîte crânienne. Une lumière clignotante éclaira le portable. « Et maintenant, quoi d'autre ? » Elle ouvrit le boîtier sur les chiffres bleus : D7X2. « D7X2 », lança-t-elle une fois dans la voiture d'une voix lasse d'automate, comme dans un jeu vidéo, une bataille navale.

« De la part de Vaughan ! »

Le coude négligemment appuyé à la Moto Guzzi 750, crâne moulé dans un casque en cuir d'où pendent les deux lanières à la mode des pionniers de l'aéronautique, lunettes noires comme un masque sur la moitié du visage semblant avoir, comme l'éclair, un messager, traversé le Temps, les siècles, à moto pour surgir dans l'instant présent sur le terre-plein de l'autoroute à six voies, d'une main gantée il tient, à l'envers, une tulipe blanche. De deux doigts délicats il écarte les pétales, dégageant le bulbe, qu'il entrouvre et d'où s'échappe la poudre dissimulée. Comme on fait trois estafilades, une lame jaillie de la nuit a tracé deux lignes floconneuses sur toute la longueur de la selle en cuir fauve et, au bout de la trajectoire étincelante, coupé l'attache dans le dos qui retient à peine la mousseline diaphane, et tout de suite elle fut par terre nue, une main sur le chrome du carburateur, le nez, la bouche collés à la selle encore moite, la langue aussi, elle aspire, renifle en trois fois dans la poudreuse aux reflets d'écailles de poisson, et alors fraîcheur de givre dans la tête, chaud ailleurs, elle fut sur le réservoir, basculée, ouverte, tête renversée vers le ciel : au milieu des galaxies, un point lumineux mobile, *Observer* : c'est filmé ! Diffusé par satellite à travers le monde. Vue : jambes écartées, soulevée, tenue serrée en l'air, cambrée, par une main gantée, arquée, chevelure saccadée, sur le chrome du carburateur, retournée, agrippée aux lanières du casque, et là-haut à 26 000 kilomètres le satellite poursuit, immuable, sa ronde de nuit autour de la planète… Elle se glisse dans sa mousseline, ramasse les fleurs… « Hey !… » Elle se retourne… « Y en a neuf comme ça, il a une voix douce, la dixième c'est surprise ! Une sacrée surprise ! » et il s'éloigne.

« Où est Vaughan ? »

Le messager s'éloigne sans répondre.

La grande et silencieuse limousine qui ressemblait à un corbillard roulait lentement dans la nuit. Marge était sagement assise, les jambes serrées, ramenées, le buste bien droit, les fleurs blanches éparpillées à ses pieds sur le linoléum. Elle se sent foutue, une chiffe, et, juste à ce moment, elle revoit la manchette du journal, la photo, la légende sur elle : *She does things in style even when unbalanced.* Du pouce, elle ouvrit le boîtier, appuya de l'index sur la touche rouge. L'écran devint liquide, de lentes ondulations, et signala un message : OÙ ALLEZ-VOUS MISS COCO ? Elle tapa « Répondre » et l'appareil passa sur « Envoi », elle tapa C… « Ça alors ! C'est quoi encore ce truc ?! » À la suite de la lettre C bleu Lido qu'elle avait tapée, venaient de se profiler sans qu'elle ait rien touché des fantômes de lettres gris-blanc, pâles, très pâles, lointaines : LUB. Ça donnait CLUB. « C'est pas croyable !… Tiens ! Un fantôme dans mon portable !! un spectre ! un pirate ! le fantôme d'un pirate ! » D'où venaient ces spectres ? Qui avait ce pouvoir ? Personne ne pouvait s'introduire dans sa boîte « Envoi ». « La boîte Envoi et la boîte Réception sont bien distinctes, étanches l'une à l'autre quand même ?! Un diable est entré dans ma boîte !!! » Elle enleva ses lunettes fumées pour être sûre qu'elle y voyait bien… Elle repensa à la capsule explosée et au gaz qu'elle avait absorbé… peut-être un hallucinogène…

Aucun doute, les mots semblaient s'écrire automatiquement sans personne et par une mystérieuse force d'attraction, elle prenait plaisir à leur céder, envoûtée, parce qu'elle n'en discernait pas l'origine. Ces lettres qui affleuraient, venues d'ailleurs, étaient inquiétantes mais aussi fragiles et touchantes comme tout ce qui est clandestin. Exsangues, elles demandaient à être incarnées sous peine de disparaître à jamais. Elles semblaient dire, montées soudain de cette opacité liquide : « Nous t'avons choisie pour être validées et sauvées. Vas-y ! » Elle tapa CLUB.

« C'est pas vrai ! Je rêve ou quoi ?! Alors là, ça me dépasse ! » Cette fois, c'était toute une phrase. Elle avait inscrit le premier mot du SMS et on la finissait pour elle en mots fantômes. Son portable sous l'emprise d'un sortilège ? Au début elle avait résisté à ces suggestions. Mais, cette fois-ci, elle tapa sur les touches la phrase proposée — les lettres pleines remplaçant l'une après l'autre les lettres fantômes pâles. Elle cédait lettre après lettre, mot après mot à cette sollicitation et elle ressentait dans cette obéissance un plaisir curieux. Gris pâle, les lettres fantômes étaient là, un mot puis l'autre, ils semblaient l'appeler à leur donner corps, c'était une supplique, une injonction ! Venues du fond liquide de l'écran ou d'ailleurs. Peut-être était-ce une transmission de sa pensée préconsciente à la machine ? son cerveau était branché sur l'appareil et une partie d'elle-même dictait des mots à l'autre ?! Elle avait lu dans un magazine chez le coiffeur qu'on pouvait désormais s'insinuer à distance dans le cerveau de quelqu'un, le parasiter, comme dans les délires schizophréniques où l'on croit recevoir des ordres. En stimulant certains points de la zone correspondant à la perception visuelle, il était possible de provoquer des hallucinations, de faire voir à quelqu'un ce que l'on souhaitait : un cerveau transmettait des images à un autre cerveau. Déjà le Docteur Mabuse avait recours à l'hypnose pour obliger son partenaire de jeu à voir dans ses cartes des petits trèfles alors qu'il avait la main pleine d'as. À présent cette mise sous influence se faisait à distance et, comme beaucoup de choses aujourd'hui, par un effet technique invisible. La voiture était-elle équipée d'un relais de puces électroniques émettrices d'ondes et reliée à un laboratoire lointain ?

Elle pensa autre chose encore plus terrifiant : était-ce même les mots de quelqu'un ? « Ils sont autonomes, songea-t-elle, et ils vivent leur propre vie. » Les mots étaient devenus les maîtres, comme la créature de Frankenstein, ils avaient échappé au contrôle, ils se déclenchaient seuls et arrivaient sur les écrans… Personne ne les avait émis, et bientôt ils envahiraient la planète. « Il y a des esprits, des êtres microscopiques fourmillent dans les profondeurs du plasma de mon appareil ! » Elle regardait dans la paume de sa main le portable argenté orné de strass avec ses jolies lettres bleues sur fond opale et ses petits carillons cristallins, qui était en train de devenir un objet d'horreur. Maintenant la machine s'affolait : des messages aberrants s'inscrivaient, menaçants, certains cryptés — MORMEK EST SUR VOS TRACES ! —, d'autres dans une écriture hiéroglyphique — avec quel clavier, par quel subterfuge ? — entrecoupée de mots et d'équations obscènes, 1 + 1 = 69, suffisamment personnalisés pour qu'elle comprenne qu'ils s'adressaient à elle, ou une phrase dans laquelle cinq langues se mêlaient dont l'assyrien plus des pictogrammes mayas et son surnom — Miss Coco — au milieu. Elle regarda pensivement le téléphone pendant une bonne minute.

« Mon Dieu ! Quelle horreur ! » Elle n'était pas sûre, mais… les lettres bougeaient. Inquiète à présent, elle appuya sur la touche dièse et l'écran devint du mercure teinté de bleu, puis une lave de métal blanc en fusion. Pour faire disparaître ces horreurs, elle appuya l'index sur la touche rouge, et appuya encore et encore, désespérément, mais l'écran restait allumé : c'était un miroir profond troublé par une lave blanche. Elle le referma et le fourra dans son sac mais elle avait l'impression désagréable que là-dedans ça continuait, au fond du sac des mots continuaient à arriver, il en grouillait de partout. « Et si je le jetais par la fenêtre ? »

Son téléphone de nouveau sonna : « Obéissez aux ordres… Sans cela… ! » Elle ferma les paupières, elle ouvrit les paupières. Hébétée, elle gardait encore un peu le portable à l'oreille en tenant l'autre main sur sa tête. « Trash ! Flash ! Cash ! Elle est tombée dans le piège. Elle a compris, j'espère. — Oui. » Elle entendait leurs voix. « Tu as vu cette photo ?! » Ils avaient dû mal raccrocher. « Tout lui appartient, on n'a jamais vu son visage. Certains qui sont là depuis longtemps parlent d'un certain Glam ou Klam. — Ta gueule, tais-toi, tais-toi, on prononce jamais son nom. — D'autres se demandent même s'il existe. — Alors ce cardinal Mastrangelo, ce n'est qu'un pion entre les mains de… — De qui ? entre les mains d'on ne sait pas qui… de quelque chose peut-être… — Tu te souviens, le pendu sous le pont ? Et ces mallettes bourrées de liasses ? Et ces montagnes d'or ? D'où elles viennent ? Où elles vont ? RÊ seul le sait ! Et encore ! Elles circulent toutes seules ! — Qui tire les ficelles ? L'homme derrière le rideau ? — Personne… Plus personne… Le Diable, probablement. »

Ayant remis ses lunettes fumées, Marge écoutait bouche bée en retenant son souffle…

« Ce cardinal, toujours fourré à l'Hôtel Louxor dans des parties fines plutôt spéciales. — Et la fille… ? Qu'est-ce qu'elle vient foutre là-dedans ? — Putain, tu as vu ce canon… ? Tu as vu la photo… — Nickel ! On voit tout ! — On avait déjà celles de la chambre d'hôtel avec la glace sans tain. » Elle entendait moins bien, c'était un peu brouillé. « … une mission… elle transporte… ça vaut des milliards… Sinon… carrière foutue… un mec… son mec, enfin ex… » Le son devenait faible. « … un fou… échappé de la clinique… il en sait trop… les trafics… des cordes vocales et des cornées contre des missiles… » Marge appuya le téléphone contre son oreille. « Vaughan, pensa-t-elle. Ça faisait deux ans. » Une nuit, elle roulait en voiture, elle avait cru l'avoir aperçu dans l'embrasure d'une porte, dans l'ombre, le long manteau au col relevé, son sourire ironique et triste… C'était peut-être pas lui.

« Un chantage ? — Oui, si on veut… — Avec tout le fric qu'elle gagne, a pas besoin… non ? — Mais justement… autrement, c'est fini… Et ils ont menacé de… ce mec-là… — Tu as vu, le téléphone est mal raccroché. » Elle entendit un clic.

« Quelle heure était-il ? Combien de temps s'est écoulé depuis que j'ai quitté l'hôtel ? Une heure, un quart d'heure, ça me paraît une éternité. Je ne pensais pas qu'il pouvait arriver tant de choses en si peu de temps. »

Elle était assise, les jambes étendues, les mains paumes en l'air posées sur ses genoux, avec un visage de somnambule.

Elle regardait la route s'enrouler sous les roues comme sur une bobine.

Elle avait enlevé une chaussure, replié une jambe et passé son pied nu sous elle. La voiture avait ralenti. Elle aperçut dans le faisceau des phares une affiche publicitaire : c'était elle sur la photo, avec une bouche d'un mètre qui esquissait un pâle sourire, et ce regard vacant, ce corps passif mais une vivacité contenue, et un élément en elle insaisissable et cette chose impondérable plus mystérieuse, précieuse que tout, un rien qui ne lui appartenait pas, qui n'appartient à personne et dont on ne sait d'où il vient. Elle contemplait la photo, indifférente, comme on échange un regard dans le miroir avec son reflet. Elle promena rapidement la main dans ses cheveux pour les défaire un peu sur le front comme sur l'affiche, puis le pâle sourire furtif de la photo passa sur elle sans qu'elle le sache comme celui du bouddha tout à l'heure.

Elle avait dû s'endormir. Le portable s'alluma, c'était un message de Vaughan : JE SUIS À L'HÔTEL LOUXOR, CHAMBRE 1050. Alors c'était vrai, il s'était échappé ?!

Bas dans le ciel des traînées blanches, des lueurs rouges : on approchait de l'aéroport, et toujours les deux lettres RÊ accolées au petit parapluie rouge qui semblaient faire partie de la galaxie.

« Demi-tour ! À l'Hôtel Louxor ! » Sa propre voix lui parut rauque et étrange. Elle avait l'air de parler à personne, dans le vide, à travers des espaces vitrés. Elle se sentait traquée détraquée mais elle voulait revoir Vaughan. Elle répéta : « Hôtel Louxor ! Je rentre à l'hôtel... — Vous avez des ordres ? — Je rentre à l'hôtel. — Je vous demande : avez-vous des ordres ? »

Elle appuya sur la touche d'ouverture des vitres qui la séparaient du chauffeur là-bas à l'avant, sortit de son sac un petit revolver de nacre et sans un mot le pointa devant elle. Leurs regards se croisèrent brièvement dans le rétroviseur. La voiture dessina un U et repartit en sens inverse.

Elle tenait toujours le revolver de la main gauche. Sa chevelure défaite tombait sur son visage. Dans son sac elle attrapa le stylo comme un peigne, elle le tenait de travers en clignant d'un œil avec une espèce de grimace. Elle fit Aaahhh, une expiration, un commencement d'extase, juste dans un souffle, plaqua son œil contre l'ouverture, les volets coulissèrent : une main écrivait sur une feuille de papier où se reflétait une lumière électrique. C'était une écriture fine, aux petits caractères dont certains étaient rajoutés entre les lignes et dans les marges et même sur un bout de papier plié collé sur le bord de la feuille. SANS DOUTE, MÊME AVANT DE VENIR À CETTE MATINÉE, ALBERTINE N'ÉTAIT PLUS TOUT À FAIT POUR MOI CE SEUL FANTÔME DIGNE DE HANTER NOTRE VIE QUE RESTE UNE PASSANTE DONT NOUS NE SAVONS RIEN, QUE NOUS AVONS… puis la main disparut, les mots s'écrivaient tout seuls, dans une encre bleue, à un rythme régulier LES QUALITÉS ET LES DÉFAUTS QU'UN ÊTRE PRÉSENTE DISPOSÉS AU PREMIER PLAN DE SON VISAGE SE et le volet se referma. Ça lui rappelait un peep-show. Elle se demanda si les mots continuaient à s'écrire une fois le mécanisme éteint. Elle se demanda aussi qui pouvait être cette fille au nom suranné. Elle avait lu un jour un vieux livre trouvé dans une chambre d'hôtel, ça lui avait plu, c'était l'histoire d'un mannequin comme elle, une fille flambée amoureuse d'un gangster de Broadway, à la fin elle disparaissait on ne sait où en Afrique, elle était légère, elle s'appelait Holly. Marge se renfonça dans la banquette, ferma les yeux et songea à Holly.

On arrivait à l'Hôtel Louxor. Au moment où Marge descendait rapidement de voiture et s'apprêtait à entrer dans la porte-tambour qui tournait encore, elle crut percevoir le bruit lointain, si familier, d'un bouchon de champagne et elle ressentit une brûlure entre les deux épaules. Elle fit quelques pas dans la nuit, sur le trottoir désert, avec une grâce fatiguée, les bras ballants, les yeux vides, comme si elle défilait. Puis elle chancela. Son sac était tombé sur l'asphalte, laissant échapper le stylo. Elle pensa : je vais mourir, et tout lui sembla une féerie.

Pendant ce temps Vaughan dans la chambre 1050 . . . .
. . . .
. . . .

II

La Nuit des fantômes

Je dînais seul un soir d'hiver pluvieux, il y a un peu plus d'un an, dans un banal restaurant chinois, proche de la rue des Pyramides et presque désert à cette heure, lorsque le cinéaste Raul Ruiz, que je connais depuis bien longtemps mais que je croise très rarement, et qui était à une table éloignée en compagnie des acteurs John Malkovich et Willem Dafoe, est venu vers moi lentement pour me saluer et, après les amabilités d'usage, de sa voix douce aux accents d'Amérique du Sud, a prononcé avec simplicité ces mots extravagants : « Je te propose de jouer le rôle du chirurgien dans *Les Mains d'Orlac* ! » Plaisanterie d'un poète, impassible farceur, amateur de fables et natif des mêmes contrées que Gabriel Garcia Marquez, ou proposition sérieuse, je ne sais toujours pas. Ce deuxième remake d'un film d'horreur mythique des années vingt ne s'est pour le moment pas fait. J'attends toujours. Mais je remercie ce montreur d'ombres à la lanterne magique d'avoir prononcé, sur un ton d'évidence désinvolte, cette drôle de phrase car elle m'a été le déclencheur d'interrogations et divagations sur certains aspects de moi-même. Il arrive que quelques mots semblant une blague frivole aient, par la suite, des répercussions inattendues. Des mots qui avaient l'air de s'adresser à un autre. Un autre… ?

Un an plus tard, peu avant Noël, dans le silence et l'obscurité du restaurant, le petit Chinois m'écoutait avec un étonnement amusé. Les reflets pâles de l'aquarium donnaient à son visage un air irréel…

« … renversé dans son fauteuil, il a examiné la radio de mes os à la lumière de la lampe… "Mais c'est un Bacon ! Bacon, vous connaissez ? le peintre !" »

Francis Bacon, oui oui je connaissais : les chairs ouvertes, les os enchevêtrés ! le sang partout, un vrai carnage, oui, les corps désarticulés, suppliciés ! oui oui, cris électrochoqués, avec bœufs écorchés, boucherie, corrida, Crucifixion, oui oui oui je connaissais !

« Eh bien, votre hanche, c'est un vrai Bacon !

— Un vrai ? Docteur, vous êtes sûr ?! »

Bon ! assez rigolé !

« Venez voir ! » Il est redevenu sérieux. Il s'est approché d'un panneau rectangle blanc opalescent et a plaqué dessus la radiographie de mes membres inférieurs captés aux rayons X.

X du porno, j'ai songé, et X de l'inconnu et du mystère.

La première chose que j'ai pensé lui dire c'est que je ne voyais pas du tout un tableau de Bacon là-dedans… Ces délicates formes nacrées translucides avaient une certaine pureté ascétique en noir et blanc. Comment avait-il pu voir là, dans quelques centimètres carrés, toutes les horreurs expressionnistes et bariolées des triptyques du grand peintre anglais ? S'il voulait jouer au Rorschach, alors ce que je voyais moi dans la radio, c'était une femme avec boa de fourrure, ou bien le Diable ouvrant sa braguette…

« Bon ! voilà, ça, c'est votre articulation coxo-fémorale… Regardez dans quel état vous êtes. » Il pointait son Mont-Blanc sur la Grande Zoa et son boa.

« Oui. » Je me voyais d'un peu loin. C'était *moi*, ça ?! Ça a fait click dans ma tête…

… « *Vous* êtes prêt ! »… C'était si lointain, cette voix de Roger Pizzella, Monsieur Roger, le modeste tailleur du quartier des Chartreux à Marseille… non, pas les Chartreux… La Belle de Mai, chez qui je m'étais commandé mon premier complet sur mesure… Et un jour il m'avait téléphoné : « Monsieur, *vous* êtes prêt ! » Cette manière de parler, un reste d'anciens usages de sa corporation, m'avait alors intrigué et amusé. J'imaginai la veste posée sur le cintre, les manches vides — et c'était moi ! J'étais dans ma chambre du rond-point du Prado, assis au bureau en teck en train d'écrire avec application ma rédaction de français quand le téléphone avait sonné et juste au même instant j'étais là-bas dans le petit atelier de ce quartier populaire, au milieu des coupons de tissus, pelotes d'épingles, suspendu en l'air ! La grâce d'un simple mot à la place d'un autre, comme une formule magique, « *Vous* êtes prêt ! » un *vous* au lieu de *c'est*, comme dans un tour de passe-passe, me conférait soudain l'ubiquité et la légèreté immatérielle d'un fantôme : le Fantôme de la Belle de Mai !

Je connais Davé depuis bien longtemps, je l'ai rencontré au Privilège une de ces nuits agitées de 1979. Il s'apprêtait à ouvrir un restaurant le lendemain et j'assistais à la soirée d'ouverture. Un restaurant chinois, dans une rue perdue près de l'église Saint-Roch, lieu dénué de pittoresque, une cuisine banale, et il m'arrive à présent, quand je suis seul, de venir ici aux heures tardives, quand il n'y a plus personne…

Il sait des choses, ce petit Chinois lettré au visage insondable, aux allures de poupée délicate, où se déclenche parfois un rire mécanique qui résonne dans la salle vide. Oui, il en sait long sur la nuit, les arcanes de la ville, les motifs secrets, les échecs cachés des couturiers, des mannequins, des vedettes qui se confient à lui mais qu'il observe sans indulgence d'un œil intérieur perçant et latéral, sensible aussi à des beautés paradoxales.

Il nous arrive de deviser, tenir des propos décousus, nous amuser dans le calme du restaurant déserté, lumières demi-éteintes, évoquer le passé, les rumeurs de la semaine, échanger des ragots de saison jusqu'à des heures avancées.

Et là il riait, il riait…

« Mais je le connais traééé bien, ton docteur Clair, il a soigné Isabelle quand elle est tombée de cheval pendant le tournage… C'est un mandarin frustré sadique ! Le coup du vrai Bacon, ça a pas dû lui plaire.

— Non… D'ailleurs ensuite il a essayé de se moquer de moi, de reprendre l'ascendant… Il m'a demandé : "Ça ne vous gêne pas pour les filles, vos jambes ?" À cause sans doute de mon impertinence avec Bacon, il avait pris ce ton un peu trop personnel, aussi peut-être parce qu'il se disait qu'il parlait à une espèce d'artiste ou qu'on était tout à coup deux jeunes carabins grivois. Mais il voulait tout de même pas que je lui raconte ce que j'avais fait la semaine d'avant avec le célèbre photographe japonais de passage à Paris — je devais écrire un texte pour un album de lui — et la très jeune fille qui était son modèle, j'allais pas lui dire la façon dont il l'avait ficelée avec raffinement, les cordelettes de chanvre striant les chairs, accentuant les rotondités des seins dénudés et descendant dans un savant entrelacs vers le ventre et les cuisses… ni comment il l'avait hissée et suspendue pieds et poings liés à une des poutres de la chambre du Love Hotel… C'était pour les photos de l'album, il m'avait proposé d'assister à la séance, et ensuite… Et moi justement avec mes jambes… Non, ça j'allais pas lui dire ! Et pourquoi pas tant qu'il y était… Je ne voulais pas le frustrer, alors je lui ai dit : "Oui, ça me gêne pas mal. — Même un peu danser vous pouvez pas…" Il essayait de se venger de mon mauvais esprit. "… Vous dansez pas ?" J'ai eu un instant l'impression qu'il m'invitait à danser ! "Non, je danse pas !" Jamais aimé danser ! »

Je dansais mal… Très jeune, j'allais prendre quelques cours avec un ancien professeur de judo ceinture noire devenu psychanalyste et, pour finir, faute de patients, professeur de tango, je me rappelle, Zlatine il s'appelait, d'origine russe, sûrement. Ça m'a vite traversé la tête : Marseille, porte de l'Orient, le boulevard d'Athènes, les trois murs en miroirs. Je dansais le tango avec ce judoka russe psychanalyste, grand brun aux cheveux ondulés, sous la boule « cristal » à facettes, je conduisais... Oui, je faisais l'homme, il fallait bien que j'apprenne ! Mais le jerk est arrivé, et puis le madison, la bostella et la salsa, le twist... Ç'avait été pour rien, jamais plus pu danser l'tango en faisant l'homm' avec les filles !...

« C'est quoi, tout ça ? — Ça c'est votre bandelette souspubienne, et là votre cul-de-sac synovial. — Synovial ? — Oui, un liquide, comme le lacrymal. — Alors un cul-de-sac qui pleure ? — Ça, c'est la capsule... » J'ai tout de suite pensé à l'Espace, au Cosmos, et puis les time-capsules, ces petites boîtes où on met des trucs qu'on y oublie exprès et on les retrouve dix ans plus tard — Tiens ?! c'est quoi ça ?... Eh oui, c'était moi !... Souvenirs ! souvenirs ! — ou cent ans, encore mieux, la surprise est bien plus grande ! « C'est à quelle échelle ? Elle est grande comment ma capsule ? — Oh ! c'est tout petit, un centimètre... — Je pourrai pas mettre grand-chose dedans, alors ?! — ?!!!!...... » exprima-t-il, interrogatif, interjeté et suspendu. C'était plus fort que moi. Pourtant, je n'aime pas trop ça l'humour, le pied de la lettre, la mer est démontée, quand est-ce qu'on la remonte ?, tous ces machins-là, c'est l'arme des faibles, des perdants, même pas magnifiques, qui veulent sauver la face à peu de frais... Mais dès que je suis chez un docteur, j'ai peur, et ces plaisanteries faciles, c'est comme rire dans le noir. Et d'ailleurs, une fois mes organes mis à nu, je revendique mon droit à l'idiotie. Et puis ce jeu sur les mots, après tout c'était sa faute, c'est lui qui avait commencé ! Il avait donné le ton de la séance, au début, avec ce Bacon, il avait associé la science médicale et l'Art. Je m'étais juste mis à son diapason et je ne faisais que poursuivre ce mélange aberrant à cause justement de la frayeur que m'avait causée son approximative métaphore. Mélange aberrant ? mais chirurgie et poésie entretiennent peut-être une relation comme le corps avec l'âme ?

Et c'est surprenant ce que la blessure, la mort appellent les jeux sur les mots… Seraient-ils proches, deux comparses duettistes, le Burlesque et la Mort ? Les films muets de Harry Langdon, Stan Laurel, Max Linder m'ont, dès l'enfance, paru avoir un je ne sais quoi de funèbre, ces pellicules de forains, avec le squelette toujours en contrepoint, en basse continue.

Pour mieux m'expliquer à présent il avait pris une planche de l'arthrologie des membres inférieurs, où il me désignait des points de mes hanches, mieux visibles que sur la radio. Moi en même temps, il faut toujours que je me détourne et m'intéresse aux à-côtés je regardais un peu plus bas l'articulation tibio-tarsienne, c'était plus fin, plus joli, le numéro 43 et l'abréviation « astr. » renvoyaient au dessin d'une sorte de membrane qui enveloppait délicatement la moitié du pied, ça faisait un voile bleu pâle.

« C'est quoi “astr.”, j'ai demandé, le numéro 43 ? — C'est l'astragale. — Astragale ? c'est un beau mot !… »

Il me regarda, perplexe, comme on regarde un pervers léger.

« … vous trouvez pas ? ça sonne bien, ça résonne !

Qu'est-ce que vous entendez, vous, docteur ? comment ça sonne pour vous cet os, astragale ?
— Comment ? Comment ça sonne ?
— Oui, vous entendez autre chose qu'un os ?
— Un os est un os ! C'est un os !
— Eh bien moi, j'entends Am Stram Gram Pique et Pique et Colégram Bourre et Bourre et Ratatam As Tra Gale !! et puis martingale ! Moi, c'est ça que j'entends, docteur… Et vous ? Allez ! À vous !… Vous entendez quoi ? Allez-y ! »
Tout d'un coup, ça m'amusait, j'adorais ça de jouer avec les os ! Mais le docteur ne voulait pas jouer…
« Vous vous rappelez, c'est une comptine quand vous étiez enfant… »
Mais il n'aimait pas qu'on l'imagine en culottes courtes.
« L'astragale ayant chanté tout l'été… vous vous rappelez aussi, docteur ?
— Oui : vous chantiez, eh bien dansez maintenant… » : il se lançait !
« … Oui, oui, c'est ça : dansez le tango sous la pluie maintenant… »
Il devenait un peu nerveux. Moi je me souvenais d'un roman, *L'Astragale*, l'auteur était une bien jolie fille de mauvaise vie avec deux accroche-cœurs qui s'appelait Albertine Sarrazin. Albertine s'était cassé l'astragale en sautant le mur d'une prison. Grand succès de *L'Astragale* puis plus rien… disparue Albertine ! Je crois bien que c'était au temps où j'dansais l'tango au-dessus du cinéma Le Star ent' quat' miroirs, à deux pas de la Can'bière !…
« Et pourquoi vous ne voulez pas vous laisser opérer ?

— J'aime pas qu'on me tripote !... Enfin... si... mais pas comme ça !... » Ou alors, j'ai pensé, peut-être une belle chirurchienne sexy. J'en avais vu une dans le journal, une Thaïlandaise, en plus elle faisait dans le médico-légal, elle farfouillait dans les viscères comme les anciens devins, une beauté, une vedette, en Thaïlande on l'appelle Dr Death : elle a des faux ongles peints et des mèches de cheveux colorées. J'avais retenu son nom : Rojana Pornhip. J'irais en Thaïlande, bang cock à Bangkok, sous couvert d'un reportage sur elle, je suis si romanesque. Je m'imagine que la beauté entretient des rapports complices avec la Mort, elles cheminent ensemble, c'est mon côté romantique allemand. Et alors je la séduirais et la Mort avec.

On était allés se rasseoir de part et d'autre de son bureau. Il m'observait... il semblait vouloir me jauger... se faire une idée sur ce type qu'il avait en face de lui.

« Vous savez c'est rien aujourd'hui... C'est parfaitement au point... Vous vous endormez, pofff ! vous vous réveillez... et deux jours après vous êtes dehors et, hop ! vous sautez comme un cabri ! »

Il avait laissé la plaque éclairée avec ma radiographie dessus et tout en parlant avec lui je jetais des coups d'œil à mon morceau de squelette. Au départ, mes jambes nacrées, il avait fallu les mettre dans du plâtre : elles faisaient deux arcs vers l'intérieur : deux parenthèses ouvertes. Et depuis, les parenthèses souvent je ne les referme pas. J'oublie. J'aime trop les digressions. Évidemment, tout ça, la Thaï fine sexy punk, mes jambes en parenthèses ouvertes, j'ai pas dit au docteur, ça suffisait avec le Bacon. J'ai juste dit :

« …J'ai peur de m'endormir… de pas me réveiller… c'est irrationnel…

— Vous vous droguez ?

— Non.

— Vous buvez de l'alcool ?

— Une margarita de loin en loin… Ça me rappelle de bons souvenirs, c'est ma madeleine à moi, ma tasse de thé, mes p'tits pavés ! C'est mon plaisir, ma douleur, ma faiblesse que de glisser facilement en arrière !

— Parfait ! No problem ! Pour l'anesthésie, vous prenez un rendez-vous. Deux ou trois jours avant on vous prend un peu de sang.

— Combien ?

— Deux litres.

— Deux litres de mon sang ?! »

Mon inquiétude le faisait sourire.

« Oui, mais on vous les réinjecte ! Et je vous promets, vous gambaderez comme un cabri. Vous regretterez de ne pas avoir fait ça plus tôt.

— Les regrets… c'est terrible… lancinant… la griffe du passé… Je connais… le regret… J'aime encore mieux ne jamais me faire opérer plutôt que de regretter de ne pas l'avoir fait plus tôt !

— Remarquez, vous serez toujours à temps de le faire plus tard.

— Oui, c'est mieux… Peut-être qu'alors je ne connaîtrai plus les regrets, ça m'aura passé… Comme ça je pourrai me faire opérer en ayant peur de l'opération mais pas du regret… Là, c'est trop, c'est deux à la fois ! »

Il m'écoutait impassible, mais les docteurs n'aiment pas

qu'on joue sur les maux, mon côté sarcastique déprimé devait l'énerver.

« Vous devriez quand même pas trop tarder.

— Vous m'avez dit tout à l'heure que je ne risquais rien à attendre.

— J'ai dit normalement, en principe... »

Il essayait de reprendre le dessus...

« Vous voulez dire que j'suis pas normal ?

— Vous jouez un peu avec le feu et vous devriez vous enlever cette épée de Damoclès d'au-dessus de votre tête !...

— Non seulement je ne veux pas être tripoté mais je ne veux pas qu'on me prenne deux litres de sang !

— Mais puisque je vous ai dit qu'on vous les rendra !

— Ça fait rien... C'est l'idée !... J'aime pas qu'on me prenne mon sang.

— Et surtout il y a le cœur... On ne peut jamais savoir... dans un mois, dans un an... l'électrocardiogramme ne donne pas d'information suffisante, il faudrait que vous fassiez ce qui s'appelle le test de l'effort... on vous met sur un tapis roulant et...

— Un tapis roulant ? Très bien !

— Non, mais, sérieusement, vous vous voyez sur un tapis roulant en train de marcher sur place pendant vingt minutes et le tapis défile assez vite sous vos pieds ?

— Oui, ça c'est vrai, en deux secondes je m'enverrais tout seul au tapis, et pas le temps de compter jusqu'à dix, roulé emporté ensuite Dieu sait où... au diable... au-delà de ce rideau en caoutchouc qui donne sur... sur quoi, au fait ?... Et puis embarqué avec les bagages dans un avion charter cargo pieds et poings liés, bâillonné, bondagé, destination Gaza Zanzibar Bamako Guantánamo ??... et avec ma hanche, en plus ! »

J'aimais encore mieux ne jamais me laisser tripoter... et mettre le holà ! à mes périlleuses party ollé ! ollé ! avec le célèbre photographe japonais et sa douce bimbo, sa souriante lolita.

« Alors si vous ne voulez vraiment pas vous laisser opérer, vous devriez au moins voir un ostéopathe... » Un ostéopathe ? Ça y est je m'absentais à nouveau, mais j'essayai de ne pas... « ... Oui, vous avez raison. » Ostéopathe ? Là, il y avait os et patte... patte os : pathos et theo : Dieu... le dieu des os ?!

Mais plutôt que de faire de l'étymologie ou de la poésie, ce qui pourrait bien être la même chose, j'essayais de me concentrer par souci de politesse mais mon inquiétude me rendait distrait et de temps à autre je réagissais par monosyllabes « oui ! c'est ça ! » ou bien par un hum ! hum ! ou ah oui ? ou ah bon ? quand, à la modulation de sa voix, je sentais que le docteur avait fini un paragraphe... je veux dire un argument, ou par un « Vous croyez ? » et je préférais donc rêvasser en arrière, c'est toujours comme ça avec l'angoisse, et ostéopatte ou pathe, ce mot me ramenait vers une drôle d'histoire...

Je l'avais lu, ce mot, pour la première fois au beau milieu des si jolies années swinging sextiz quand les filles nouvelles n'avaient pas encore enfilé les armures, elles dansaient fragiles, avec un spleen impérial, sur les airs ironiques des

Kinks, *She's bought a hat like Princess Marina*, *Good Golly Miss Molly*, *La la la Potatoes*.

« Ah… oui ? »

Je revois encore les photos et leur légende chaque matin dans *France-Soir*, cette merveilleuse et quotidienne machine à rêves en papier de quatre sous… une villa avec piscine dans l'ouest de Londres… un club de jazz la nuit non loin de la Tamise, un attaché naval soviétique et espion, le très distingué « ministre de la Défense de Sa Majesté » et un ravissant mannequin vedette — dont la photo, toute nue, avait, au moment du scandale, fait le tour du monde en quelques heures. « Non… vraiment… je vous ai dit… je ne veux pas me laisser tripoter… » Tout ce joli monde s'était rencontré lors de « soirées un peu spéciales », c'était les mots de *France-Soir*, la nuit au bord de la piscine de cette superbe villa qui appartenait à l'« ostéopathe mondain »… et ces deux mots « ostéopathe mondain » qui revenaient chaque jour m'intriguaient. Il y avait aussi dans le coup un saxophoniste de jazz jamaïcain qui jouait dans un club de Soho — « Non, docteur, je ne souffre pas beaucoup, c'est seulement que je me dis que cette hanche me prend peut-être un peu la tête ! » — et était un des amants du beau mannequin… Alors lui aussi jouait de la anche, sans *h*, c'est l'embout fin de roseau qui facilite à la bouche, à la langue, la vibration modulée du souffle, et probablement l'air *Violets For Your Furs*, le morceau créé dix ans plus tôt par « Cannonball » Adderley… et aussi du jeu de hanches, et de sa chute, du mannequin, qui était aussi espion ou pionne…

« Pour mon autre hanche ? Ça… je sais pas… »

D'importants secrets militaires d'État avaient circulé sur

l'oreiller et l'espion russki, colonel Ivanov, un fort bel homme, était désormais au parfum, mais en douce. On avait trouvé son adresse chez Christine, marquée du rouge à lèvres sur le miroir de la salle de bains. Mais un soir l'alto sax jamaïcain avait fait un ramdam de tous les diables chez le mannequin... Les voisins, la police... Le scandale avait explosé... Rapports tendus et crise entre l'URSS de Kossiguine, la Grande-Bretagne et même le président Johnson. Et nous qui, cet hiver-là, chantions, insouciants, un air à la mode : *Johnsin me bassine Kossigone j'm'en tamponne.*

De tout ça il était longtemps resté seulement une photo : nue, les longues cuisses nacrées chevauchant la chaise design au dossier effilé, la photo de David Bailey avait fait le tour de la planète en quarante-huit heures, aujourd'hui ce serait en dix secondes... et moi tout en revoyant tout ça dans ma tête, *France-Soir* de l'époque, et *The Sun*, je regardais mes os toujours exposés devant moi, nacrés eux aussi. Elle baisait avec les trois... les quatre... l'attaché naval espion, le Lord du ministère de la Guerre, l'ostéopathe mondain et l'alto sax jamaïcain. Cette fille était une vraie plaque tournante ! Et une chambre d'échos !

« Mais vous êtes ailleurs ?!!

— Non, non, docteur... »

Je rêvais quand même un peu, je l'imaginais nue debout au bord de la piscine la nuit, éclairage bleu, je suis si romanesque, avec Lord Parfum le très distingué Ministre de la Reine, pair du Royaume, qui lui avait offert — c'était dans les révélations du *Sun* — des produits de beauté de chez Biba, le magasin dernière mode de Kensington High Street, à cette divine pute, je voyais ces paupières, la fine peau de porcelaine, si pâle, nuancée de *dusty pink*, rose poussière, qui allait si bien avec l'eau turquoise sous les étoiles. Mais aussi avec les chromes rutilants du long saxophone recourbé et la Violette pour sa fourrure. Le soir où il y avait eu tout ce razzmataj, ce koudl' mudel, ce ramdam chez Christine, le nègre bourré de marie-jeanne lui avait filé une trempe en voyant ce maquillage dont il savait d'où il venait (*The Sun* commençait à distiller des ragots en parlant d'un mystérieux lord) — élémentaire mon cher Watson ! — et il avait vu rouge : « Take off that fucking *dusty pink*, Christine, you fucking bitch ! » Et c'est là, je suppose, qu'il lui avait mis un œil au beurre noir... Police ! Cris ! Scandale ! Grands titres à la une !... Probablement, la troisième guerre mondiale avait tenu à un fil, à cause d'une nuance de make-up : rose poussière ! Quel roman ! Je me rappelais très bien ses yeux verts, la finesse des traits, bouche ironique, pommettes légèrement saillantes, la chevelure de jais abondante et soyeuse qui accentuait sa pâleur et aussi les jambes : le profilage, l'évidement qui file vers l'inconnu : le con nu ?... elles enserraient le dossier noir comme si c'était son partenaire ou une armure. De la pure dynamite ! Enfin ! on peut toujours taper Keeler sur Google, peut-être que la célèbre photo à la chaise de David Bailey apparaîtra sur l'écran. Mais moi je crois que la beauté, le charme est lié à une époque, tout ce qui est autour, la vibration du temps, une sorte de musique muette. Je n'aime guère les photos, les enregistrements. Je préfère les images que j'ai gardées dans la tête, même si elles sont imprécises et lacunaires... Ce sont les miennes, elles sont un peu vivantes.

« Bon, alors vous allez téléphoner de ma part au docteur Berlu, c'est un excellent ostéopathe.

— Excusez-moi, docteur, mais… il serait pas un peu mondain, par hasard ?!

— Mondain ?! Pourquoi ça ? Qu'est-ce que… ?? Non… pas du tout… il est tout ce qu'il y a de plus sérieux…

— Ah ! bon ! »

En allant vers le hall d'entrée, on est repassés devant le grand salon et à travers la porte j'ai aperçu le tableau, enfin la copie, avec les Ambassadeurs, un peu inquiets malgré tout derrière leur splendeur et tout ce lustre solennel, avec, sur le sol devant eux, la tête de mort qui leur reste cachée et n'apparaît au spectateur qu'à l'oblique.

« Regardez les choses en face : vous êtes mal en point. Vous m'aviez dit que vous étiez écrivain ?

— … Oui.

— Vous écrivez en ce moment ?

— Oui, un peu.

— Un roman ?

— Une sorte.

— Vous écrirez mieux si votre corps est en bon état.

— Je n'en suis pas sûr.

— Bon ! Alors, ne restez pas comme ça ! »

Et je me suis retrouvé dans la rue, je me suis éloigné lentement, mon Bacon à la main, j'ai avancé vers le fleuve, c'était déjà la nuit, je marchais très mal, de travers, et à nouveau, des fois ça me prend ça ne dure jamais longtemps, j'ai pensé à Talleyrand, son Excellence l'ambassadeur ministre des Affaires étrangères. Lorsque j'étais triste de ma boiterie, je songeais à des boiteux célèbres. On se sent moins seul comme ça. Je m'étais fait ma petite liste : Ignace de Loyola, lord Byron et d'autres, et Talleyrand bien sûr y figurait. D'autant plus qu'il était mon voisin : j'habite le 50-52 rue de Varenne et au 48, dans l'ancien hôtel de Galliffet situé à l'emplacement où était juste avant le cimetière Sainte-Croix, il donnait des fêtes somptueuses, ironiques, ordonnées avec soin et toujours délicates. Il avait été un grand séducteur plein d'esprit, tout-puissant, un diable d'homme malgré son handicap et peut-être un peu à cause de lui. Alors j'avais encore mes chances... Et par le biais de ce handicap dont je jouais comme d'un petit stratagème, je m'associais mentalement, pour un moment, à ce brillant causeur, homme à femmes, maître de l'Europe, tireur de ficelles hors pair... C'est l'avantage de se sentir inconsistant et friable : il suffit d'un rien, un détail, et on se voit, même si c'est vaguement pour pas longtemps, sous les traits d'un autre... On fond, on devient un... non, pas un personnage, mais plutôt simplement dépossédé un peu de sa propre personnalité. Quelque chose vient la recouvrir, l'obscurcir, glisser sur elle et s'en aller — un nuage passe vite devant le soleil et une ombre furtive effleure l'eau et disparaît —, comme dans un jeu de photomontage forain, où on devient un aviateur, un boxeur, ou dans un institut un plasticien qui vous propose une nouvelle tête, et fait glisser de fines bandes en plastique sur un visage factice, tout un assortiment de bouches, yeux, nez, oreilles, combinaisons diverses.

Mais là c'était des morceaux de Talleyrand, parfois un autre, tel que je l'imaginais que je faisais glisser sur moi juste pour quelques instants. Pas le corps, boiterie mise à part, mais l'esprit, peut-être l'âme !

C'était quelqu'un de disparate qui n'avait pas cherché à se couler dans le bronze, versatile et équivoque et, sous sa distinction un peu compassée de duc prélat ambassadeur à l'enfance ingrate et solitaire, un farceur, même aux dépens de Bonaparte, dans une histoire loufoque de sangliers dans un parc pour l'effrayer, Napoléon ne le lui a jamais pardonné, mais aussi déjà cette Fête de la Fédération qu'il a lui-même ordonnancée, une Fête pour le Peuple dont il se moquait, un carnaval, il le raconte dans ses *Mémoires*, à l'issue duquel, un peu dégoûté, il est allé se changer pour, le soir venu, se rendre à une party fine chez les courtisanes... Pas un faiseur d'esprit mais un farceur raffiné qui se méfiait du peuple, du cœur et du bon sens. C'est ce que j'essayais de faire passer sur moi, bien que je ne sois pas Prince Évêque Ambassadeur aux Cours d'Europe comme le Diable Boiteux, juste un Juif ashkénaze ébouriffé nu-pieds dans ses Mephisto pas brillant causeur mais à l'affût de miettes de tout ça, mais pas plus après tout qu'une groupie de celles de la grande vedette. Mais je ne suis pas dupe et ne me prends pas pour Talleyrand, et il n'est même pas mon avatar dans Second Life, je ne suis que l'esquisse d'un cas clinique. Oui, c'est bien la seule chose qu'on avait en commun lui et moi : on boitait tous les deux ! Ah oui, et aussi, son fantôme et moi habitions au même endroit.

Je me suis arrêté un instant devant un magasin et j'ai sorti la radiographie X de sa grande enveloppe blanche et, sous les néons, je l'ai scrutée avec attention, le coxo-rachidien, l'os iliaque, je la tenais devant moi des deux mains, la bougeant un peu dans la lumière.

En transparence, je l'ai juste devinée, venue un instant se superposer à ces formes spectrales un peu nacrées, j'ai détourné les yeux de mon image en négatif et je l'ai vue s'éloigner sur le côté, souple, légère, une allure de danseuse, il m'a bien semblé, un vrai Degas !

La pharmacie anglaise des Champs-Élysées est ouverte la nuit. Elle possède deux rayons distincts et un seul long comptoir : rayon de la maladie, rayon de la beauté. Côte à côte on patiente pour retarder la mort ou se maquiller le visage. À droite Nalbuphine Kapanol Dolosal, à gauche Elancyl Revlon L'Oréal. Des poudres aux couleurs pâles — beige clair, blanc cassé, blanc opale — sont présentées au rayon cosmétique dans des coupelles de bakélite noire : disposées sur un plateau, elles évoquent pourtant plutôt la mort, comme au temps des Égyptiens anciens où le maquillage des défunts embaumés était un rite sacré. Ces poudres sont un clin d'œil de la Mort à la Beauté. En patientant je lisais les noms des nuances de rouges à lèvres alignés près de la caisse : Cassis Givré, Moka Choc, Corail Boréal, Rose Sorbet, Rose Metallic, Rose Déclic.

— Alors, comment va-t-il ?

— Il est très faible… il ne peut plus rien manger…

Le pharmacien et la vieille dame parlaient doucement à voix basse, mais du rayon d'à côté me parvenaient les accents d'une voix jeune : c'était une cliente, elle virevolte, gaie, insouciante, regarde vite les flacons de parfum, les pots de mascara, essaye des échantillons de make-up, un peu de poudre sur le dos de la main et, d'un doigt, un soupçon étalé sur la pommette, regard rapide dans le miroir... compare les nuances...

— Vous avez...

— ... même pas de la purée ni un yaourt, à peine un consommé.

Le pharmacien s'est penché vers la petite vieille, leurs têtes sont proches l'une de l'autre...

— ... vous avez les nouvelles teintures en aérosol de Revlon ?

Les mots de la jeune fille viennent s'insérer dans les plaintes de l'autre, curieuse rhapsodie frivole et morbide... Revlon, Optalidon, rimes du plaisir et de la douleur.

— ... il ne mange presque plus... à peine

— un crayon à paupières, des faux cils

— Tout juste s'il boit un peu

— L'Oréal

Algues Marines... Phénobarbital... Les dialogues se croisaient, celui de la maladie et celui de la peau. Les deux thèmes se développaient en parallèle et une bribe de l'un venait parfois s'insinuer dans l'autre : « Il est très faible... un léger parfum d'eau de rose... »

Il est vrai que certaines poudres pâles évoquaient la maladie aussi, une photo publicitaire en vitrine : le visage yeux clos d'un mannequin semblable à la jeune cliente enduit de crème blanche pour la soustraire au temps. Mais à présent le thème grave, comme s'il avait été contaminé par le frivole, fit entendre une note qui n'était pas de son registre.

— Vous devriez essayer un jaune d'œuf mélangé avec autre chose, murmurait le pharmacien toujours penché vers la petite vieille qui l'écoutait avec attention. Un merveilleux remontant… Deux cuillers à café de cognac, trois cuillers à soupe de porto, un jaune d'œuf, une cuiller à café de sucre en poudre, une pincée de noix de muscade râpée, vous mélangez…

Il disait tout cela à voix basse comme pour un breuvage magique.

— … et la noix de muscade râpée, vous la déposez au dernier moment.

Ce mélange me disait quelque chose. Moi mon cocktail, c'était la margarita, mais ça je connaissais. C'était aussi un short drink, le joli petit verre en forme de cône, ça compte, qu'importe le flacon c'est pas vrai. Ah ça y est, j'y étais, un porto flip !

C'est important aussi les mots. Rien que le nom, ça le ferait peut-être boire plus facilement… J'allais m'écrier : « Oui, oui ! C'est un porto flip ! » quand le pharmacien l'a dit avant moi.

Porto flip ! soudain ce mot, comme échappé de l'autre monde à côté, celui des plaisirs, les rendez-vous de bars d'hôtels au crépuscule, les cocktails, l'ivresse… un mot qui s'égare… C'est plutôt celui des faux cils, les blushs, le rouge baiser, voici venir le soir… bars de nuit, musiques, bruit de la glace pilée, shakers argentés, rêves longs… : c'est la jeune fille qui aurait dû boire le porto flip… mais non, c'est vrai, j'oublie, je vieillis : les années cocktails c'était fini… aujourd'hui c'était la vodka.

Mais d'un autre côté justement, ça lui ferait peut-être du bien au moribond… le petit cône lui rappellerait quand il sortait encore, que tendre était la nuit.

Le matin même j'avais regardé dans un journal américain des photos de mannequins, les défilés de l'hiver, j'avais, c'est une manie, un peu bougé la page dans la lumière de la lampe, et en transparence le verso de la feuille était venu inscrire, comme un palimpseste, au milieu de ces beautés triomphantes, une tout autre sorte d'encre : les signes des annonces de décès. Les hasards de la mise en pages et de l'imprimerie laissaient transparaître dans les corps superbes et les visages souriants les filets noirs et les caractères gothiques inquiétants. Et de même que les deux registres, frivole et grave, juxtaposés suivaient chacun sa ligne aux deux rayons de la pharmacie pour ensuite un instant se confondre, là ils se trouvaient, de part et d'autre de la page, superposés.

À la fin, la petite vieille s'en était allée, je pouvais commander le Cyclo 3 que m'avait prescrit le docteur, et tandis que j'ouvrais la porte la mélodie juvénile et ses promesses de bonheur continuaient seules, débarrassées du contrepoint funèbre.

C'est toujours presque vide ici. Quelques laques bon marché, un paravent en bois noir, des rideaux légers trop petits, la porte d'entrée qu'il faut pousser un peu fort et au-dessus de laquelle il oublie généralement d'allumer une enseigne qui porte un surnom, même pas chinois : DAVÉ, ou est-ce un diminutif, j'ai toujours oublié de lui demander, un pseudo peut-être, c'est pas clair. Ces rares éléments sans luxe d'un décor factice à peine oriental, sinon quelques rares signes, laissent de la place à notre imagination, et toutes sortes d'évocations, de fantasmes et même de projections peuvent venir s'y associer. Ce lieu dépourvu de pittoresque, où les objets semblent arrivés là par hasard sans porter la marque de quelqu'un, est propice à l'abandon et au rêve. Dans la lumière de l'aquarium le petit Chinois me regarde en riant.

« Hi ! hi ! Toi danser le tango, j'aurais aimé voir ça... avoir une mouche ! » Il pouffait comme une petite fille.

« Tu veux dire, être une mouche !!?

— Non non... tu sais, c'est la CIA qui a inventé ça... des mouches auxquelles on a greffé des équipements électroniques miniaturisés, elles sont téléguidées... une mouche moucharde... Hi ! hi ! hi ! une lentille de la taille d'un grain de caviar qui enregistre les images digitales... et après, comme un pigeon voyageur, elle revient et on décrypte. Hi ! hi ! hi ! »

Déclic de la petite marionnette chinoise : les mains rose poupée articulées qui battent l'air quelques secondes.

« Attends ! Tu vas voir, ça se perd pas ces choses-là... c'est comme le vélo... on va essayer... juste quelques pas... ! »

On n'était plus que tous les deux, le serveur était parti et le plongiste.

« Ah ! ah ! non, tu es fou… avec tes jambes ?!

— Si, s'il te plaît, juste un peu, quelques secondes… pour voir… et c'est juste pour dire… pour pouvoir raconter la scène sans que ce soit menti : tous les deux en train de danser le tango dans le resto vide en pleine nuit. »

Je me suis levé, les lumières étaient baissées… On était dans un lieu hors du monde, d'une autre époque : cette rue Saint-Roch a l'air dans le XIXe siècle, avec ses rares immeubles peu habités, « c'est au clergé » m'avait dit Davé, et ses maisons basses noires de suie et les hauts murs sans fenêtres d'une façade d'angle de l'église d'où, même le soir, viennent les voix cristallines d'une chorale d'enfants et, en contrebas de l'église, la vitrine d'une boutique faiblement éclairée pour ces pauvres chapeaux de paille synthétique, ornés de fleurs séchées, l'un d'eux curieusement posé sur une tête en cire blousée de rose… On se croirait passage des Panoramas en 1925 !

« Évidemment tu en as pas de tango dans tes CD… Je vais t'en siffler un… »

J'ai juste sifflоté et dansoté tant bien que mal, il m'arrivait à l'épaule… c'était surtout pour pouvoir raconter… Bien sûr, j'aurais pu faire comme si ça s'était passé, que c'était vrai, j'aurais qu'à moitié inventé, mais j'aime pas ça, je sais pas raconter d'histoires, jamais aimé ça, jamais su, jamais… Je sifflotais, faux, pour le rythme — quel rythme ? J'avançais tout déboîté de travers… c'était vraiment pour faire semblant, un semblant de tango, une ruine, juste pour que ce soit dit, je pouvais pas vraiment, pour rire je l'ai doucement basculé de côté en arrière, il s'est ployé en riant, hi ! hi ! la petite marionnette chinoise main rose poupée articulée. Je faisais un ou deux pas glissés-embronchés devant l'aquarium. Le clocher de l'église Saint-Roch sonnait minuit. On est passés devant la 4, la table où, il y a vingt ans, Mazar le producteur flamboyant et suicidaire montait ses coups, tirait des plans, tenait des réunions secrètes dans ce QG nocturne encore la veille de sa mort, on l'appelait le Vizir, et j'ai cru le voir rigoler : il se lève et danse aussi, la tige d'une rose entre les dents, une pièce d'un euro coincée entre sa cuisse et celle de Davé, ils ont la même taille, ça aussi, cette vision, je la raconterais. On était dans une demi-obscurité, nos ombres sur le mur de laque, juste cette lumière pâle de l'aquarium où scintillait le petit cardinal.

« Tu vois comme c'est curieux parfois les choses, boulevard d'Athènes j'ai pris des leçons pour séduire les filles, et total, avec le temps, je n'aurai dansé le tango que deux fois : une près de la Canebière avec un judoka psychanalyste et cette nuit avec un Chinois restaurateur lettré… Mais c'est si drôle à raconter, non ? Même si on ne me croit pas… »

Mais ces quelques pas un peu glissés-embronchés, ça m'avait fatigué les jambes, épuisé le Bacon… j'étais allé me rasseoir devant le cardinal, le regard absorbé par l'aquarium.

D'avoir imaginé Mazar danser le tango m'a ramené vers d'autres temps…

… « Alors ?… Alors ?… », une toupie, il avance dans une virevolte de face et de profil à la fois, il arrive de l'aéroport Fiumicino-Léonard-de-Vinci… Les oliviers juste derrière la piscine et puis au fond du paysage collines vallonnées, la lumière romaine, il est sept heures, sept heures et demie de l'après-midi en septembre, l'ombre qui gagne la moitié de la piscine et les cyprès loin là-bas vers Rome ourlés d'une languide vapeur rose…

« Alors Charles, ça marche ce livre : *Rose, Rose* quoi, comment déjà ? Je me souviens jamais, arrête avec ta poussière rose. Tu devrais écrire un scénario… Massimo, fammi portare un bellini per piacere. »

Encore une fois je suis celui qui… juste je me sens à côté… un peu loin… Je ne m'ennuie pas, je ne m'ennuie jamais avec Mazar… Et puis j'aimais bien l'impression de vivre dans un roman de gare de plage de quat' sous, un magazine papier glacé : la villa romaine, les filles en bikini, la grosse galette, une torgnole de temps à autre, le cinéma quoi ! être enfin dans ce milieu que j'avais vu dans les films et les livres américains… je suis si romanesque ! Pas de doute, les éléments du cocktail magique étaient bien là et j'étais dedans, mais juste au bord quand même, il me semblait. Mais n'est-on pas toujours au bord, y a-t-il vraiment un milieu ? On s'en approche de plus en plus… c'est probablement un leurre… on ne le touche jamais… tout le temps il se dérobe… la porte s'ouvre… on va y être… on y est… mais non, ce n'est jamais ça. Les contours sont si mobiles, si flous, parfois inexistants, les milieux n'existent pas, ont-ils jamais existé ? La porte n'était pas la grande porte, ce n'était que ma porte à moi.

« Charles, une autre margarita ? Et Margo, à propos ?

— Foutu le camp avec ton associé à Porto Ercole. »

Les rires des filles en maillot de bain, là-bas au bord de la piscine, se mélangent au bruit de la radio, les nouvelles du monde... *A Santiago, Salvador Allende e sui fideli nel Palazzo della Moneda resistono alle forze aeronavali faziose... Ma perchè tu sei un'altra donna Ma perchè tu non sei più tu...* Adriano Celentano.

« À quoi tu songes ?

— À un mannequin et aussi à... une porte-tambour. C'est ouvert ou fermé, ou les deux, d'après toi ? C'est dedans ou dehors ?

— Oh, je m'en fous ! Bois plutôt une autre margarita.

— ... un mannequin somnambule... des tulipes blanches... un stylo magique... je ne sais pas si c'est quelque chose que j'ai vu sur un tableau il y a longtemps, lu, ou rêvé, ou que j'imagine juste maintenant.

— C'est quoi, fait Mazar, ton truc ? une histoire pour ton prochain roman ? Arrête avec ta poésie, caro Carlo, ton *Rose machin*, tu devrais écrire un scénario... je le produirai avec des vedettes, Nicholson... tu te feras des couilles en or, des costumes en lin de Lanvin comme moi, chemises sur mesure chez Charvet. Tu es un Juif pas foutu de gagner de l'argent. »

Ces propos ne me troublaient guère : s'il insultait la poésie, c'est qu'elle le fascinait depuis toujours et plus que tout et c'était lui qu'il insultait, c'était pareil pour la drogue et les femmes. Qu'est-ce qu'il disait, Oscar ? *Each man kills the thing he loves*, Chacun de nous tue ce qu'il aime.

Au fond, il m'aimait bien, Mazar. Il m'avait à la bonne. Et puis je parlais presque pas, je lui faisais pas d'ombre quand il parlait, et je riais, y avait de quoi, pas courtisan non plus, je le contrariais pas, je discutais même pas, ça sert à rien de discuter de toute façon sauf si on est d'accord au départ, je préfère toujours dire oui, c'est plus simple et ça fait gagner du temps, c'est mieux de dire oui.

« Tu veux un autre riz gluant ?
— Oui !
— Crevettes poivre et sel ?
— Oui. »

« Faut que je t'raconte toute ma vie, tout, elle en vaut le coup, de quoi écrire un sacré livre.
— J'aime pas les biogr
— Oui d'accord, moi non plus, mais là… ma bataille pour la Gaumont, rien qu'avec ça tu peux… Un jour peut-être tu me mettras dans un de tes livres, pas dans un truc comme ton Eau de Rose machin, Rose quoi ? comment déjà ? Pas un truc pour tes happy fous, un vrai livre, hein ! un pour les vrais gens… sur la vraie vie. Tu me transposes un peu, hein, avec le yacht, les filles, les putes, mais pas trop… Ah ! ah ! ah ! Moi dans un livre de Charles et pof ! le Goncourt ! Ça serait la meilleure ! Et moi je produis le film. Comme Romain Gary ! Ah ! ah ! ah ! Tu sais que j'ai bien connu Jean Seberg ?
— Oui, oui, tu me l'as déjà raconté : avec Malraux ivre, chez Lasserre, il a téléphoné à minuit : “Allô mon général, je suis avec Jeanne d'Arc ! — Allez dormir, Malraux, vous avez trop bu…” Tu me l'as raconté. »

Je savais plus bien de quoi il parlait, un roman des fois peut-être…

« … du rire, des larmes, de l'action, un peu de réflexion quand même, pas trop… une vie… n'oublie pas la vie, Charles… tu oublies trop souvent… remets les pieds sur notre belle planète bleue. Ah ! ah ! ah !… Et puis une femme, faut une femme, Carlito, n'oublie pas ça quand même, sans ça tintin pour le Goncourt. Ah ! ah ! ah ! Quoi encore ? Ah oui, ce qui est toujours bien c'est de les faire voyager les gens… les faire rêver… du rêve, Charles, n'oublie pas le rêve, mais ça, tu connais, le rêve, hein ? les beaux voyages, New York, Rome… le cinéma… une actrice ou une grande chanteuse peu importe… comme tu veux… Ah ! ah ! ah !… Mais surtout, mets-moi dedans !! Ça vaut le coup ! »

Mais c'était plutôt un coup la biogr, un coup le scénar.

Un jour j'ai eu une idée : « Et si on f'zait direct l'scénar av' ta biogr ?!

— Qu'est-ce qui t'arrive, comment tu parles ? Tu es devenu fou, Charly ?

— Scénar-biogr et plut' festiv' si bonne com. Bon ! à tout' mec, c'est top top Coco ! Top ! top ! top !

— Qu'est-ce que ça veut dire, c'est quoi ces mots, ce charabia ? Tu as perdu la boule ! C'est le soleil !… Tu as jamais supporté le soleil romain et les margaritas ! Tu as trop bu de margaritas, Charly ! Monte te reposer avant le dîner à L'Échec et Mat. »

Comme il me coupait toujours avec sa faconde j'avais décidé de me couper moi-même, histoire de pouvoir en placer une en digest accéléré de temps à autre dans son monologue torrentiel. J'y pense aujourd'hui : j'étais précurseur de la novlangue, les textos, messages internet, j'aurais dû faire breveter.

J'allais très bien, j'avais pas trop bu, c'est juste qu'avec l'accélération de Mazar, je m'adaptais comme ça. Et puis par la suite c'est allé trop vite, la trashlangue, le zapping, le rap, le verlan, le digital, le numérique, l'électronique. J'ai plus cherché à m'adapter, au contraire. J'ai parlé de plus en plus lentement, avec de plus en plus de heu… heu… et… heu… des silences. Quand il m'arrivait de parler ! Heu…

« Massimo ! Riservaci una tavola per nove per stasera, alle undici, allo *Scatto i Matto* ! »

Scatto i Matto ! Échec et Mat ! Ouais ! Il avance à deux cents à l'heure dans son express de nuit, il jette tout par les fenêtres, le suicide à la boutonnière, le sourire aux lèvres. Ah… maintenant tout le monde parle et rit près de la piscine, Aurore et Carole portent les mêmes immenses lunettes noires… « Oui, me dit le Chinois en riant, Aurore m'avait raconté : Jean-Pierre s'était disputé avec elles, leur avait fait un œil au beurre noir à toutes les deux, et il avait envoyé le chauffeur à Rome Via Condotti leur acheter les Wayfarer dernier modèle. » *Salvador Allende e sua guardia prossima… ammazzati… Ma perchè non l'hai detto prima Chi non ama non sarà amato mai…* Mazar lui est seul, de dos, plus loin dans l'ombre. Il hoche la tête, secoue le buste, balance les bras… Scande-t-il les secondes qui lui restent ?

Le regard au loin, ma lèvre sur le rebord du verre imprégnée de la fine pellicule de sel, j'avale un peu de marguerite...

Là-bas, du côté de Rome, lumière rose... la douce nuit qui arrive, les collines s'assombrissent, je fais doucement tourner le verre sur ma langue. La margarita a été inventée par un barman new-yorkais qui vient de mourir, quelques lignes dans un journal : *le créateur de la margarita est mort hier*... Une des plus belles « brèves » nécro que j'aie lues... On donnait les circonstances de l'invention... comme si c'était aussi important que celle du moteur à explosion... pas faux d'ailleurs... un tiers tequila un tiers Cointreau... et le twist du citron vert, la fine écorce en hélice qui vient effleurer à nouveau ma lèvre. Je regarde vers Rome le rose du couchant à la fin de septembre... Jamais bu un cocktail qui allume si bien si vite, rend vif, léger... le goût du citron vert avec le Cointreau, les cyprès, les collines voilées dans le lointain au travers du verre embué, la lèvre s'imprègne lentement, la nuit maintenant... l'horizon... le rose à travers le verre, c'était ça le dernier tiers, j'avais oublié : c'était la lumière.

L'hiver je la buvais à New York, au *One Fifth*. Chaque ville a son cocktail et New York, non, ce n'est pas le bloody mary, épais potager avec sa branche de céleri, ni le bronx, trop confus, ni même le manhattan, trop suave, indécis. C'est la margarita, sauvage contrastée tonique rapide... et cette rencontre inattendue, sur la langue, dans la gorge, cette chaleur givrée qui réchauffe aussitôt mais pas trop, pas la tête. Pas étonnant qu'elle ait été inventée là. La première fois que je l'ai bue j'étais avec Margo, rien qu'à cause du nom, Margo, Marga, c'est souvent comme ça… enfin, pour moi, les mots me guident… enfin, certains, comme d'autres les chiffres… la marguerite, c'est comme l'astragale… et là maintenant au bord de la piscine près du pin-parasol dans la campagne romaine, avec la petite spirale turquoise imprégnée de Cointreau glacé et de l'âpre tequila, ce qui vient à moi, contre ma lèvre, sur ma langue, c'est New York : l'hiver au *One Fifth* on nous la servait en petits carafons évasés, le verre préparé, bien glacé, avec la blancheur du givre autour, sur les vitres embuées aussi… la nuit dehors… sur Lexington les silhouettes des passantes… avant d'aller dîner au *One Two Three* et finir la nuit au *54*… Je ne dansais pas.

La vapeur rose là-bas sur la crête des collines a disparu, c'est le commencement de la nuit, l'heure bleue… l'heure noir et bleu.

J'aimais tellement marcher à New York, juste marcher : le ciel est vertical, on va vers le ciel, c'est ce qui leur donne, j'en suis sûr, cette superbe assurance, l'innocente force… Je m'arrêtais, tournais à quatre-vingt-dix degrés sur moi-même et tout était différent, le ciel, la mer et la terre, et les hommes aussi, et je repartais.

C'est ça que le docteur Clair aurait dû me dire, c'était pas le tango, juste : « Et marcher ? Vous n'aimeriez pas pouvoir marcher longtemps, des kilomètres ? — Oh ! ça oui, docteur… vers le fleuve… à New York, vers l'Hudson, à nouveau… »

Peut-être avait-il raison, je devrais enfin accepter de me laisser endormir et tripoter, par n'importe qui, le premier venu, la première venue…

La Cinquième Avenue venait en surimpression sur la Via Appia antica, oui c'est comme ça, faut toujours que j'aille en pensée voir ailleurs si j'y suis, jamais là tout à fait, j'aime être à la fois dans deux lieux, deux époques éloignées et je ne sais laquelle est la plus présente, elles se confondent, je mélange celui que j'étais hier et celui d'aujourd'hui, j'entretiens des relations nébuleuses avec le temps, l'Histoire : je n'aime que l'instant, ni dedans ni dehors ou les deux, comme la porte-tambour, au croisement de la Via Appia antica et de la Cinquième Avenue, entre Cointreau et tequila…

C'est ainsi que j'ai beaucoup tourné en rond sur place, ouvert des parenthèses en oubliant de les refermer. Je ne savais plus où j'en étais. Ça ne fait pas une histoire tout ça !… Total : la mienne n'en finit pas de commencer et elle va être bientôt finie… ma vie passée dans une porte-tambour !

« … un scénar, Charly… avec de l'action. »

Nos ombres mobiles, à Mazar et à moi, s'étaient amincies sur le cadran solaire… elles étaient en train d'être absorbées par la nuit.

Un système perfectionné d'éclairage laisse le fond de l'aquarium dans les ténèbres, le haut dans une lumière qui diffuse un léger halo bleu-blanc. C'est là, juste devant, que je m'assois toujours, table 7, et sous l'angle où je me trouve la salle m'est dissimulée par cet écran liquide. Et ce soir, j'observe une fois encore les scintillements phosphorescents du petit poisson, « un tétracardinal, ça s'appelle » m'avait dit, ça fait longtemps, Davé avec sérieux, il connaissait bien : « C'est de la famille des petits tétras, elle est très variée et plus ou moins pacifique, tu as même les piranhas. Ils viennent tous d'Amérique du Sud, de régions reculées souvent dangereuses. Tu as le tétra Néon rose, le tétra Feu de position, le tétra Joli, le Néon noir… » il parlait à voix basse «… le Drapeau belge, il est très robuste, le tétra Fantôme gris argent transparent. Mais lui, là, c'est le tétra Cardinal, le Cardinalis ; tu vois, regarde la rayure bleue et, en bas du corps, la bande rouge vif. — Oui, mais c'est pas la pourpre cardinalice ! — Attends, tu vas voir, je peux pas toucher au mécanisme de la lumière, mais tout à l'heure l'aquarium va s'obscurcir et la bande rouge va devenir pourpre cardinal. — Et celui là, le bleu argent ? — Ah ! non ce n'est pas un tétra, lui c'est le Guilded Blue Angel — L'Ange Bleu ? Dans un aquarium ? — Il est pas commode, et très vorace ! » Depuis un moment il s'est immobilisé sous mes yeux, le Cardinal « originaire du Rio Negro dans l'Orénoque, Amazonie ».

« Tu écris ? Tu avances ?

— Un peu…

— C'est quoi ?

— Un machin. Je sais juste, j'aimerais… enfin… J'ai pensé à un petit Klee.

— Tu connais son *Goldfish* ?

— Oui bien sûr, c'est un poisson minéral. Oui, j'ai pensé à un petit Klee, 21 × 29,7… un feuillet A4 mais au lieu d'être blanc c'est noir, le négatif, une A4 noire : une nuit parsemée de quelques rares scintillations lointaines et éphémères. Une fille, un mannequin, une marionnette, comme une figurine…

— Et alors, ce roman, ce machin comme tu dis, tu vas le finir bientôt ?

— Je sais pas… Je suis bloqué… incapable de ficeler une histoire, camper un personnage, faire avancer l'action, c'est décousu et obscur et j'ai aucune imagination… La fille et le garçon, j'arrive pas à les faire se rencontrer. Pour le moment, ça n'a pas de vie, on dirait le scénario inachevé d'un jeu vidéo, et la fille n'est pas plus vivante…

— Que Lara Croft.

— Oui, c'est ça, lisse et abstraite, une créature de l'ordinateur. » J'ai dit ça à Bertrand Bonello et il m'a parlé du jeu de cartes de Brian Eno : « Il y en avait un qui traînait dans une soirée chez Lionel Rotcage, je l'ai emporté ! Eno l'a inventé et s'en est servi alors qu'il était dans une impasse avec ses compositions musicales. Moi je l'utilise dans l'écriture de mes scénarios et récemment avec le montage de mon film *De la guerre*… Si vous voulez, je vous le prête pour quelques jours… » Ce n'était pas une philosophie cosmique comme les signes du Yi king, ni la prophétie des figures du Tarot de Marseille, juste un truc, un stratagème, abandonner la logique de la raison et se confier au hasard. Dans une boîte en carton et moleskine noire, avec dessus en lettres d'or OBLIQUE STRATÉGIES, il y a cent dix cartes noires : au verso de chacune une injonction, sauf trois qui sont en blanc. « Il n'y a pas de mode d'emploi, m'avait dit Bonello. Vous tirez le nombre de cartes que vous voulez, moi je fais comme Brian Eno, trois plus une, mais c'est arbitraire… Ensuite, à vous de vous laisser inspirer par les mots, de savoir les interpréter, déceler une corrélation entre les diverses consignes et puis leur obéir. Pour résoudre un dilemme, vous n'en retournez qu'une, mais attention ! vous devez suivre son ordre même s'il vous paraît hors de propos. Vous n'avez droit qu'à deux tirages par jour. » Le soir j'en avais tiré quatre : la première était blanche, sur les autres était écrit : LISTEN TO THE QUIET VOICE, DO NOTHING AS LONG AS YOU CAN et GHOST ECHOES. Ne rien faire aussi longtemps que je pouvais ? La directive tombait mal, avec moi ça pouvait durer longtemps. Écouter la voix calme, ça me rappelait simplement *Sound of Silence* de Simon and Garfunkel mais Échos du fantôme, qu'est-ce que ça pouvait bien vouloir dire ? J'ai à nouveau tiré quatre cartes, une encore était blanche, les autres disaient : USE FILTERS, DON'T BE AFRAID OF CLICHÉS et DO SOMETHING BORING. J'ai pris cette insistance du blanc comme un verdict ou une prémonition : il n'y avait rien à faire ! Avoir carte blanche, ce n'était pas ce qu'il me fallait. Quant à faire quelque chose d'ennuyeux… ??? Deux jours après, au réveil, j'ai soudain réalisé que Boring est le nom d'un personnage de mon auteur favori de bandes dessinées, Dan Clowes. Allais-je m'inspirer d'une de ses aventures ? David Boring, guère plus qu'une silhouette, quelques traits peu marqués sur le blanc du papier : une vingtaine d'années, dépourvu d'enthousiasme et de but dans la vie, boulot d'intérimaire chez Datamax. Tout semble glisser sur lui. Se retrouve pourtant avec de belles adolescentes à la dérive. « Do you have any sex fantasies ? lui demande l'une d'elles. — No. — You are a sweetheart. » Mais pour le sweetheart tout baigne dans la violence et le mystère : il reçoit on ne sait d'où dans une enveloppe quelques pièces en carton d'un rébus ; sur ces bouts de carton, il y a des symboles avec plusieurs ordres possibles. La phrase obtenue, pense-t-il, sera une clé pour éclaircir la situation étrange où il se trouve, et moi, puisque je dois faire quelque chose à la Boring pour me dépêtrer et avancer dans le déroulement de mon roman, trouver une piste pour au moins faire se rencontrer le garçon et la fille : l'inévitable *boy meets girl* que je n'arrive pas à mettre en place. Parmi ces bouts de carton, il y en a trois sur lesquels sont dessinés une caméra, une étoile et un rond dans le blanc d'un œil, ce qui peut se lire, selon l'ordre choisi : *movie star* ou *star pupil* (*pupil* : pupille mais aussi élève). David est perplexe : il est pas plus avancé, et moi non plus. Bon, oublions ce rébus. Voyons : dans la première case de ce comic strip, l'air impassible et distant comme toujours, il baise avec une fille mannequin, c'est sans lendemain, mais vingt pages plus loin, après une poursuite, il passe par deux cases où il entre dans un cabaret music-hall, là il reconnaît le modèle sous les traits de l'assistante du magicien, jambes nues, hauts talons, guêpière, bustier, haut-de-forme… Alors je songe à obéir aux cartes et à utiliser cette métamorphose pour la fille de mon roman. Trois planches plus loin, un inconnu tire sur David avec un colt. Encore trois cases et son visage est enveloppé dans des bandages, on ne voit que ses yeux. Deux femmes sont penchées sur lui, on est dans une grande maison gothique sur une île mystérieuse. Poursuite, sexe, violence, quoi de mieux ? Je pourrais m'inspirer de cette trame puisque OBLIQUE STRATÉGIES me l'avait suggérée. J'avais joué aux cartes le destin de mes personnages et ainsi le livre se ferait un peu sans moi, tout seul, avec le hasard… « C'est chinois », fit le Chinois. « Bouddhiste chinois ? — Oui, d'un grand détachement. Ça rappelle la métaphore de la pagode brisée — C'est quoi ? — C'est un poème ancien sur une pagode de sept étages qui s'écroule. Le poème est lui-même déconstruit, il a quelque chose de très moderne. » Cette absence d'inspiration, la tentative de se laisser guider par des éléments aléatoires extérieurs semblaient séduire le petit Chinois lettré. Il prenait ce truc au sérieux et rendait son verdict : « C'est traééé bien… un détachement religieux. » Il est devenu grave et s'est détourné sans plus rien dire ni me regarder et s'est éloigné, l'allure lente, le buste et la tête bien droits, comme s'il était maintenant un empereur grand et gros et majestueux et plein d'une ancienne sagesse, il ne restait plus rien de la fine petite poupée, sauf les membres et les mains relâchés, les attaches souplement articulées. Après un moment il est revenu à ma table.

« Et Raul ?…

— Rien… pas de nouvelles.

— Ça fait combien ? six mois maintenant ? Toi et les docteurs !

— Un an juste. Un autre genre, celui-là, un Doktor ! Un être démoniaque en celluloïd ! C'est encore l'Allemagne qui me poursuit !

— C'est parce que tu as l'air allemand. »

Je regardais devant ma table le petit cardinal bleu et rouge immobile dans la lumière chlorotique diffuse de l'aquarium. Il semblait ne pas avoir changé de place depuis un an, le soir où j'étais assis au même endroit, dans la même lumière.

C'était un soir pluvieux de décembre.

« Oui, Raul était à la grande table là-bas avec Malkovich et leurs femmes.

— Et l'autre acteur, qui a fait beaucoup de théâtre, tu sais, un Américain aussi, un grand mince, il a joué le Roi des Singes, il fait du cinéma maintenant…

— Willem Dafoe.

— C'est ça. Je pense toujours Daniel Defoe. Je les avais pas vus quand je suis arrivé. Et Raul qui vient tranquillement me faire cette proposition invraisemblable. Tu les as servis ? Il avait beaucoup bu, tu crois ?

— Je leur ai servi plusieurs bouteilles de vin, la femme de Raul, elle, elle boit pas, et Malkovich non plus, il est plutôt végétarien bio macrobiotique, il avait pris du thé, je crois.

— Parce que je me demande encore si c'était pas une farce de poivrot. Il avait le visage tout rouge, ses grands yeux ronds mais l'air sérieux. »

Il était donc venu lentement me saluer, on a échangé les banalités d'usage et de sa voix calme et douce il a prononcé ces mots étranges : « Ié té plopos' dé joué le rol' dou chilulgien dans *Les Mains d'Orlac* ! » J'allais pas me retourner pour voir si des fois ces paroles ne s'adressaient pas à un autre : j'étais assis le dos au mur.

J'ai connu Raul Ruiz en 1975 ou 76, c'était à un déjeuner chez Barbet Schroeder, avenue Pierre-Ier-de-Serbie. Il revenait du Chili où, après le massacre du palais de la

Moneda et la mort d'Allende, dont il avait été le tout jeune conseiller en audiovisuel, il avait gagné les maquis. Or, au beau milieu du repas, il m'avait tranquillement affirmé, d'un ton très matter-of-factly, que dans ces maquis de la guérilla il avait lu un livre que je venais de publier qui s'appelait *Rose poussière*. À peine un livre, un bric-à-brac rafistolé, qui avait dû trouver deux cents acquéreurs à tout casser, une version de Mai 68, de la Révolution, influencée par mes soirées à L'Alcazar, au Carrousel de la rue Vavin et par les films de Marlene Dietrich. « Si ! Je vous assure, c'est vrai ! » Et moi je regardais ce visage bonhomme de clown triste derrière sa moustache, et je lui avais dit poliment : « Merci, merci, je suis très flatté ! » Mais, déjà là, je me demandais, je me le demande encore, si s'moquait pas un peu d'moi, par hasard. C'était une espèce de récit pour fashionistas déglingués sur la mode sophistiquée du Londres de Mary Quant, de Vidal Sassoon et de Christine Keeler, et sur les grâces fatiguées d'un travesti, et je ne voyais pas du tout ce que les faux cils, les make-ups un peu fanés et délétères des pâles filles anémiques de chez Biba Kensington High Street avaient à voir avec les guérilleros de la sierra, mitraillette à l'épaule, battle-dress en lambeaux… Cette nuance dusty pink allait sur les paupières de la belle Christine mais n'était pas pour les barbus en sueur. À Raul ça n'avait pas semblé poser de problème ! Il avait son Petit Livre mauve — c'était la couleur de la jaquette — dans son paquetage avec la cartouchière et la pharmacie de secours ! Il est vrai que question poids, le petit livre mauve, si « svelte », comme s'était moqué un critique, avait son avantage lorsque chaque gramme compte : quatre fois plus léger qu'un numéro de *Vogue*. Je me suis rappelé ce western où le héros échappe à la mort parce qu'il porte partout la Bible sous sa chemise au niveau du cœur et la balle vient se ficher dedans : une balle des sbires de Pinochet aurait bien pu atterrir dans le visage de Marlene qui ornait en partie la couverture ! En traduisait-il des passages à ses camarades entre deux embuscades ?

Et puis on était passés à autre chose, et tout en finissant le remarquable brochet au beurre blanc de Barbet, je me disais que si cette histoire saugrenue était vraie, il y avait de l'espoir, que la propagation de la littérature et son impact obéissaient à des lois et à des trajectoires totalement imprévisibles, bien plus que la balistique de toutes les armes lourdes. Il ne fallait surtout pas s'inquiéter de savoir pour qui on écrivait !

Après ça je ne l'ai plus vu, à part une fois de loin à Belleville... Il réalisait ces films fauchés bout d'ficelle marqués par l'influence de magiciens montreurs d'ombres, Georges Méliès, Von Sternberg, illusionnisme à la Robert-Houdin, reconstitutions artificielles, trucages et fantaisies aux dehors réalistes... *L'Île au trésor*... *Les Trois Couronnes du matelot*... Un amateur de mondes secrets à triples fonds, de jeux de miroirs, trompe-l'œil et illusions d'optique. Et puis un jour, Ingrid Caven a reçu une commande du Festival de théâtre de Porto, carte blanche. J'ai horreur des planches, c'est pas assez inconsistant, mais j'ai écrit quatre pages où j'utilisais projections, jeux d'ombres et marionnettes à fils pour éviter le plus possible le théâtral. Et j'ai appelé Raul pour la mise en scène de ce machin en un acte pour une seule actrice. *Spectres*, ça s'appelait. Il a alors commandé des dizaines de mètres de toile de parachute, il voulait enrouler Ingrid dedans si j'ai bien compris, et puis aussi projeter des images dessus... Des ombres ? des spectres ? des parachutes ? des spectres en parachute ?! Les directeurs, administrateurs, intendants, le maire ont pris peur et tout ça s'est arrêté aussitôt. Ça devait être en 95-96. Et c'est la dernière fois que je l'ai vu. Et là maintenant ce soir il réapparaissait pour me proposer encore autre chose.

« Je te propose de jouer le chirurgien dans *Les Mains d'Orlac* !!! » Dans l'aquarium le petit poisson, le tétracardinal, semblait me regarder de ses yeux globuleux comme ceux de Peter Lorre, médusé : j'avais dit : « Banco ! — Branco ? » avait répondu Raul qui visiblement avait un peu bu, ses joues étaient empourprées, « Je m'en occupe, c'est pas un problème, il a déjà pris des non-professionnels ». Paulo Branco, c'est son producteur depuis très longtemps, le dernier aventurier, une réplique, un peu pâle quand même vingt ans après, de Mazar : il est tous les trois ans en banqueroute et rebondit pour deux ans : champagne caviar table ouverte à Cannes ! Longues randonnées sur des chevaux alezans dans les plaines portugaises !

Les Mains d'Orlac ? Ce titre m'est apparu pour la première fois quand j'ai lu, je devais avoir vingt ans, *Au-dessous du volcan*, le roman de Malcolm Lowry : Yvonne, ancienne actrice encore jeune, vient d'arriver en avion dans une petite ville mexicaine, 2 000 mètres au-dessus de la mer, parsemée d'églises et de piscines, pour retrouver le consul son amant après une longue séparation. Elle entre au bar du Bella

Vista, un hôtel à balcons, environné de fleurs, c'est l'après-midi, le barman est en train de désigner au consul déjà ivre une réclame pour *Cafeaspirina* derrière les bouteilles de tequila. Mais ce qu'Yvonne remarque, placée juste à côté, c'est la réclame du cinéma local : *Las Manos de Orlac, con Peter Lorre.* C'est un roman circulaire et labyrinthique qui se déroule le jour des morts. Yvonne, plus tard dans la journée, passe à cheval devant une affiche fixée à un arbre : *Las Manos de Orlac, con Peter Lorre.* Le demi-frère du consul, qui l'accompagne dans sa promenade, lui dit : « Je pense avoir vu le film avec Peter Lorre quelque part. C'est un grand acteur mais le film est ignoble. C'est l'histoire d'un pianiste qui a un sentiment de culpabilité parce qu'il pense que ses mains sont celles d'un meurtrier ou je ne sais quoi, et ne cesse de les laver du sang versé. Peut-être sont-elles vraiment à un meurtrier mais j'ai oublié.

— Ça a l'air horrifiant.

— Je sais mais ça ne l'est pas. »

Et à la fin, assise, indifférente mais souriante, avec le consul dans un car Chevrolet 1918, ils longent des stands constellés de publicités pour ce film, des affiches « qui montraient des mains d'assassin enrubannées de sang ».

Et puis j'ai vu ces fameux films du cinéma allemand des années vingt, trente, ce qu'on a appelé l'Écran Démoniaque, et par ce cinéma-là j'ai été marqué à jamais, ça avait sans doute influencé ma façon de voir et même de vivre : ambiances troubles, ombres, docteurs maléfiques, automates, climat hypnotique. *Les Mains d'Orlac* ! Je me rappelais avec précision certaines scènes : une jeune et belle actrice de cinéma, femme d'un pianiste virtuose dont les mains sont coupées dans un accident de train, un serial killer qui tue ses victimes en leur lançant des couteaux.

« Du riz gluant avec quelques pattes de canard ? Hi ! hi !

— ?!!... » Je trouvais soudain à Davé, qui avait gardé des traits enfantins, une ressemblance avec Peter Lorre.

Et puis cet assassin est exécuté et ses mains sont greffées au pianiste par le Dr Gogol. Elles ne peuvent plus jouer au piano, deviennent autonomes et veulent lancer des couteaux.

« ... juste quelques crevettes au gingembre parfumées à la citronnelle et au cerfeuil... Décortiquées !

— ???!!!? » Tout compte fait, non : avec ses yeux qui soudain vous fixent et s'écarquillent il ressemblait plutôt au tétracardinal rouge et bleu métal dans l'aquarium.

... et il y a une scène où le Dr Gogol, amoureux transi de la célèbre actrice, achète sa réplique à une sorte de musée de Mme Tussaud, la fait livrer chez lui et joue de l'orgue devant ce mannequin en cire.

J'avais lu peu avant cette drôle de rencontre une interview d'Al Pacino dans *Le Monde* : « Les réalisateurs qui vous désirent, disait-il, voient en vous des choses que vous ne connaissez pas. » Alors qu'avait vu Raul ? Qu'est-ce qui dans mon aspect pouvait m'apparenter à cette figure inquiétante du cinéma fantastique ? J'admets que quand, seul, dans les nuits glacées d'hiver, je marche un peu de biais en claudiquant dans mon trop long manteau noir Yamamoto (jamais pu me décider à me faire opérer de mon arthrose, ni à faire faire l'ourlet !), avec grandes lunettes noires, je peux donner le change à une famille de passants, faire illusion...

Très vite, une fois assis, sans lunettes ni manteau, je suis plutôt timide. Puis j'ai pensé que Raul avait peut-être vu *Libération* de la semaine d'avant : pour illustrer une interview reportage que j'avais faite de Jim Jarmusch, j'étais photographié avec lui sur le pont de Bir-Hakeim désert, comme des fugitifs, c'est la nuit, juste quelques lueurs scintillantes au loin vers l'ouest, les armatures en ferraille du pont, on a l'air de deux créatures de science-fiction, lui avec sa silhouette toujours aux aguets, ses cheveux argent, son visage de mutant et moi mes grandes lunettes noires, le tirage m'avait fait un halo blanc autour du visage, on a l'air traqués… Enfin je n'aurais pas aimé nous rencontrer au coin d'un bois : la photo qui avait paru en première page du journal avait peut-être donné tout à coup des idées à Raul. Et puis soudain j'ai pensé à autre chose : ma boiterie n'avait plus rien d'aristocratique, plus du tout Talleyrand ou lord Byron qui faisait la planche dans la lagune de Venise en soufflant négligemment des ronds de fumée de cigare vers le ciel ; moi, c'était seulement dans une petite piscine pleine de chlore et de feuilles mortes du côté de Varengeville… Le cartilage s'était nécrosé, et adieu cet aspect de dandysme supérieur dégénéré. Deux millimètres de cartilage en moins et presque du jour au lendemain, dans une soudaine inversion, d'une fragilité distinguée j'étais passé du côté des boiteux méchants, comme Mabuse, voire même Goebbels, et leur pied bot, un des signes du Mal. De la boiterie « à l'anglaise », j'étais passé à la boiterie allemande. Cette forte disharmonie, une façon de ramener avec une grimace la jambe gauche, a quelque chose de sinistre et inquiétant, et ça rappelle des images de cinéma : une lourde silhouette claudicante et furtive, projetant son ombre saccadée sur un mur, puis elle disparaît au coin d'une ruelle, les pavés mouillés et, fouettée par le vent, la pâle lanterne à la lumière tremblée, un cri de femme, un chat…

« Un porc au gingembre ? » me suggère Davé sans conviction.

Raul, qui a une mémoire infaillible des films et m'avait sûrement vu entrer dans le restaurant, avait alors sans doute associé ce boitement mabusien au personnage d'un registre similaire et de la même époque, le Dr Gogol. La phrase de Ruiz ressemblait à une plaisanterie, mais justement parce que ces mots sans importance et lâchés tout à trac me paraissaient absurdes, comme adressés à un autre, et pourtant faisaient résonner en moi quelque chose de lointain et intrigant, je voulais savoir et les approfondir.

Les années avaient passé depuis l'époque de Rome durant lesquelles je ne faisais rien, j'étais rentré à Paris, Margo avait disparu, et j'avais refusé ce scénario qui aurait pu me rendre riche et m'apporter toutes sortes de relations. Je me contentais de me laisser glisser morose au fil du temps, longtemps. Et puis un jour j'avais fini par écrire un livre, pas celui que j'avais alors en tête avec cette fille à moitié somnambule et ses tulipes blanches. Non, j'avais fait ce que Mazar m'avait dit, je l'avais écouté : du rêve, des voyages à travers le monde, le cinéma, une actrice et chanteuse. Et je l'avais mis, lui, dans le roman, comme il le voulait : il était sur un yacht avec sa cour colorée de courtisans, de bouffons et de putes. J'avais ajouté après coup une petite touche sociale balzacienne : la lutte entre deux anciens amis d'adolescence pour la conquête de la Gaumont, telle qu'il me l'avait racontée. Le livre avait été un grand succès, et ce succès était un peu le sien, mais Mazar n'était plus là pour en être heureux et en rigoler, se moquer avec son œil sombre et sarcastique et sa bouche gourmande. Il était mort, encore jeune. À la sortie du roman, j'avais vite été amené à poser pour toutes sortes de photos : sur un des clichés noir et blanc, pris dans la chambre d'un grand hôtel, j'apparaissais assis dans le long manteau noir japonais, lunettes noires masquant mes yeux, tête penchée en avant, un mouvement bizarre de la main au-dessus d'une table, que j'étais sûr de ne jamais avoir fait pendant la séance, un geste de menace, d'invocation ou de conjuration, j'avais l'air d'une de ces créatures des ténèbres, pas du tout comme je suis. Mais qu'est-ce que ça veut dire, comme je suis ? Les aléas de la pellicule, les accidents du négatif et du tirage, dans ces bains d'acide, nous révèlent parfois ce qui de nous était caché. Aujourd'hui que règne l'image, on ne sait plus si ce n'est pas elle la réalité et nous le mensonge. Une grand-mère promène sa petite-fille dans le parc. « Quelle jolie enfant, fait une passante. — Et encore, attendez, dit l'autre en sortant un porte-cartes, vous n'avez pas vu sa photo ! »

Sur ce cliché je ressemblais, non pas dans les traits puisqu'on ne voyait presque pas mon visage, masqué et penché, mais dans l'esprit, l'attitude générale, à ce… personnage, c'est beaucoup dire, cette figure, une silhouette, un emballage, même peut-être juste un symbole, dont j'avais mis la photo sur la jaquette de ce *Rose poussière* qui était dans la musette de Raul Ruiz dans la cordillère des Andes. Cette figure, je l'avais appelée Frankenstein-le-Dandy parce qu'elle représentait ce qui est synthétique, froidement distant, même téléguidé. Il n'avait pas de traits bien nets, pas de traits du tout à vrai dire, pas plus qu'un mannequin. Le modèle en était un garçon presque catatonique et muet de la banlieue nord de Marseille. On l'aurait dit découpé dans du carton, collé comme une image sur la réalité quotidienne, c'était une figurine creuse qui résonnait bien et j'en avais fait un emblème de l'humain non humain. Il y a dans un musée de Londres la « valeur d'un homme » : une longue boîte-cercueil, avec de nombreux casiers, où sont de l'amidon — du phosphore — de la farine — des bouteilles d'eau, d'alcool — et de grands morceaux de gélatine fabriquée. Mon modèle était un homme semblable. En le nommant Frankenstein, je confondais, comme on le fait souvent, le monstre robotique et le savant fou qui l'a fabriqué. Mais cette confusion trahit une vérité : la créature est une projection, ou un double, du docteur démoniaque. Cette photo de moi dans la chambre d'hôtel disait sans doute vrai : j'avais, en moins prononcé, quelque chose de Frankenstein-le-Dandy, cette figure de mon livre. Il était une des projections de moi-même. Le passage par le négatif avait révélé ma noirceur cachée, mon côté non humain, ils affleuraient sur la pellicule. Raul, quand je suis entré claudiquant dans le restaurant avec mon long manteau japonais, aurait-il vu cela avec son œil sorcier de cinéaste ?

« Tu écris quand ? la nuit ? me demande le Chinois.

— Oui, la nuit… J'écris un peu… la fin… J'ai la fin… »

Je lui ai dit j'écris mais lorsque je regarde ma table de travail, m'apparaît une table de dissection : ciseaux, agrafeuses, cutters, roller Pilot Tecpoint V5, sa recharge effilée comme une seringue et le réservoir à encre transparent à graduation millimétrique. Citations, emprunts à d'autres livres, montage incessant : dans les heures silencieuses de la nuit, avec le grand parc en contrebas plongé dans les ténèbres et la façade de plâtre, éclairée d'une lumière pâle comme une ombre blanche, de l'ancienne ambassade désertée qui font facilement songer à une clinique, il n'y a pas loin pour que je me prenne pour un microchirurgien se livrant, sur papier, à des prélèvements, greffes, incisions, injections, découpes et sutures, même s'il ne s'agit que de mots.

Écrire un livre ? Plutôt le fabriquer en me livrant à une opération comme le Dr Frankenstein sur sa créature. Le livre d'ailleurs pourrait bien se retourner contre moi et surtout le personnage, par exemple le garçon de Marseille : « Tu m'as défiguré, fait de moi un Terminator insensible, une espèce de monstre, moi qui suis un sentimental normal. En plus, maintenant tu te pavanes dans le quartier des Ambassades et moi je vis dans une chambre d'un HLM à Drancy. » J'avais le projet, ça me reprend parfois, d'un roman, totalement synthétique, sans un mot de moi, fait de phrases trouvées ailleurs dans les livres des autres… un roman constitué de pièces rapportées comme les mains d'un assassin cousues au pianiste par le Dr Gogol. J'incise dans le corps du texte, coupe et raccorde des articulations, c'est un état d'esprit : la citation est une transfusion, les collages des greffes, le papier une peau. Mais de là à couper les mains des autres !

À mon bureau la nuit, quand je suis distrait, je pense au Prince Ambassadeur, Son Excellence, mon voisin du 48, le Diable Boiteux : il me semble entendre son pas syncopé, sa voix on dirait celle de Sacha Guitry... C'est peut-être là, de l'autre côté du mur, qu'il a eu de ces formules — qu'est-ce qu'il disait déjà ? « Celui qui n'a pas connu l'Ancien Régime n'a pas connu la douceur de vivre. » Non, moi j'ai pas connu. Je connais celui-ci de régime : *Une oasis d'horreur dans un désert d'ennui.* Alors je me replonge dans mes opérations chirurgicales sur la feuille de papier.

Souvent j'étais distrait de l'écriture, je m'amusais à l'idée farfelue suggérée par Raul. C'était une bonne diversion... Je n'avais jamais songé à être acteur, ni que j'avais la moindre disposition pour cela, au contraire : la simple vue d'un appareil photo m'a longtemps fait peur, je me cachais le visage... Mais une nuit, je me suis revu dans ce même bureau, à ce même fauteuil, les mêmes crayons, j'ai retrouvé des sensations précises, physiques. Je me revoyais en train d'écrire certains passages de mon roman *Ingrid Caven.* Pour mieux décrire un personnage, je me figurais moi-même faire ses gestes, parler comme lui. Tandis que j'écrivais, je m'effaçais, absorbé par mes modèles. Je revenais tout le temps à moi bien sûr, mais j'étais un peu parti, je m'étais évadé de moi-même comme on se pare d'un masque dans les rituels et cérémonies nègres pour communiquer avec les esprits. On dit que le bon marionnettiste qui du bout des doigts actionne les fils doit devenir un moment, dans la tête, sa figurine — prendre de sa gaieté, de sa tristesse, épouser un peu de ses mouvements, ses expressions, s'il veut qu'elle semble avoir un peu de vie, une âme. Si certains romanciers font des dessins dans les marges et parfois dans le corps de leurs manuscrits, c'est pour mieux se représenter leurs personnages, un début d'incarnation, et, je crois, établir un contact physique avec ces fantômes et se les incorporer. Je ne sais pas dessiner, alors je me livrais, tout en écrivant, à de petites pantomimes.

J'avais écrit que Fassbinder, quand il fumait, commençait son geste comme Bogart — cigarette entre trois doigts au creux de la main, clando — et le finissait comme Bette Davis, tirant dessus avec éclat la main ouverte... enchaînant les deux comme deux citations... Avant de l'écrire j'avais une image dans la tête mais je l'avais refait en train de fumer, plusieurs fois, afin de me préciser, de me représenter cette image, et des mots, des phrases se présentaient à moi tandis que je jouais Fassbinder. Et c'est d'ailleurs en m'appropriant son mouvement que m'est soudain venue l'image de Bette Davis, comme, je suppose, un acteur étoffe son personnage avec des intonations, des gestes, en répétant et en jouant. J'ai refait Fassbinder, comme je l'avais vu, en train de refaire Bogart et Bette Davis ! Je ne fumais plus de cigarettes à l'époque mais là tout un paquet de Dunhill y est passé ! Au début de ce roman je racontais une scène à laquelle j'avais assisté : Ingrid Caven dans les coulisses ramasse le morceau d'une chaîne à gros maillons servant à tenir un spot, tombé des cintres par terre devant elle et par superstition se l'attache au poignet. Je me revois à mon bureau comme si j'y étais, sept huit dix fois en train de ramasser et d'enrouler et de réenrouler à mon poignet une chaîne absente, afin de faire venir les mots, trouver la phrase précise, j'évoquais, je devenais Ingrid Caven. Et puis la fin du livre : « Elle salue. D'abord elle s'incline lentement, recueillie. Elle se redresse, un sourire, puis, dans un large mouvement du bras, rend grâce, désigne les spectateurs, sa main s'ouvre sur ce qui est autour d'elle, tout autour, aussi le vide... » Ce mouvement, ce sourire, ce geste de la main ouverte sur le vide, à mon bureau je les ai faits.

Mazar le producteur, une toupie au bord de l'abîme, lui c'était surtout la parole, vite, abrégée, elliptique ou alors torrentielle, toujours à l'affût d'une surprise : « Alors ?... Alors ?... » C'était son leitmotiv. Et je m'étais entendu, à l'époque où j'écrivais cela, m'exclamer à mon tour, rapide, parfois hors de propos, devant quelqu'un ou même tout seul : « Alors ?... Alors ?... » Alors qu'il n'y avait plus désormais rien à attendre de rien. Décidément j'étais un tout petit peu légèrement hanté par Mazar, et par mes autres modèles aussi. « Alors quoi ? », on me répondait.

Et quand j'avais voulu décrire Yves Saint Laurent, son élégant boitement quand il entre dans l'atelier où il va couper une robe de scène à même le corps d'Ingrid Caven, ç'avait été plus simple : j'avais encore, au moment où j'écrivais cela, à peu près le même déhanchement et c'est par là que tout naturellement j'avais commencé à m'identifier à lui. Je devenais pour un moment le médium, la marionnette de mes modèles.

Je rencontrais alors parfois Bertrand Bonello qui était en train de tourner un film avec Asia Argento et Mathieu Amalric. Je lui avais parlé de cette très étrange proposition de Raul Ruiz.

« Bertrand, vous êtes metteur en scène et c'est un peu absurde même que je m'interroge si je peux jouer ce rôle, mais je voulais vous demander : qu'est-ce que c'est qu'un acteur ? où ça commence l'acteur ?

— À partir du moment où quelqu'un est filmé, on peut dire qu'il est acteur. Ça n'a rien à voir avec le métier. Monica Vitti a répété qu'Antonioni disait : "Un acteur c'est pas plus important qu'un verre de lait", les deux sont dans le cadre donc c'est pareil. L'acteur, c'est celui qu'on a envie de filmer. C'est quoi jouer bien, jouer mal, juste, faux ?

— Il n'y a pas de problème si c'est un film réaliste avec des personnes ordinaires et quotidiennes. Mais là, on est dans le monde du fantastique noir, des jeux outrés, Conrad Veidt, Peter Lorre… et puis ce sujet… Supposons que je le joue, on aboutirait probablement à un effet comique, mais je me posais la question, est-ce que le comique et le fantastique n'ont pas partie liée ? Je pensais à ces acteurs des films surréalistes… Buñuel ou alors Dreyer, ce sont des amateurs dans *Vampyr*, c'est un jeune aristocrate excentrique qui joue le rôle principal, il a d'ailleurs produit le film, et il y a un côté comique dans leur mélange de sérieux et de gaucherie dans ce monde de la noirceur… quelque chose de faux ; ou le Baron fantôme qu'interprétait Cocteau. Comment imaginez-vous quelqu'un comme moi dans ce rôle, est-ce que ça ne pourrait pas être un atout, cette gaucherie ? Après tout, l'Esprit souffle plutôt là où il y a une fêlure et une imperfection, là où c'est un peu raté.

— La question c'est pas : est-ce que vous avez l'air d'un acteur ou pas ? c'est : avez-vous l'air de ce type de chirurgien ou pas ? et ça ce n'est que de la croyance, de la foi… de la part du metteur en scène… Vous avez cité des films qui reposent sur la croyance, dans l'histoire d'abord. Le fantastique est forcément un peu ridicule, c'est là qu'il est beau, sinon ça devient vulgaire. Il faut toujours une étrangeté, sinon on ne bascule pas. Keaton, c'est très étrange quand on voit ce qu'il fait, Laurel et Hardy aussi. Face à la croyance, il faut que le spectateur s'autorise, c'est un pari. Comme on peut croire à un récit si fou soit-il si on décide d'y aller.

— Imaginez-vous la scène avec l'orgue, le manteau de fourrure, le mannequin : c'est tout à fait extravagant. Alors justement, est-ce qu'il ne vaut pas mieux que ce soit joué en amateur, tant mieux si c'est comique, on n'a pas peur des rieurs, n'est-ce pas, ils n'ont pas d'importance. J'essaye de m'imaginer moi dans ce grand manteau à revers de fourrure jouer de l'orgue devant un mannequin de cire… Ouais, pourquoi pas ?

— Si vous faites le chirurgien chez Ruiz, il va vous dire : "Joue… joue" sinon ça marchera pas. Si c'était chez Garrel : "Ne joue pas."

— Et vous ?

— Moi, je suis plus jeune qu'eux donc j'ai moins d'affirmation. Je voudrais voir d'abord la scène, répéter puis gommer ici et là et montrer la beauté du choix et le grotesque du choix. Garrel c'est "Jette, dépouille-toi" et Raul c'est "Joue, joue plus".

— Alors il aurait mieux valu Garrel, non ? »

Ruiz était probablement le farceur que j'ai dit et il avait visiblement beaucoup bu ce soir-là. Mais j'avais quand même téléphoné à Serge Toubiana, le directeur de la Cinémathèque, pour avoir une projection de la première version des *Mains d'Orlac*. J'y suis allé par un après-midi ensoleillé. Les enfants jouaient dans les jardins près du pont de Bercy. Je suis descendu dans les sous-sols, une petite pièce obscure, j'étais assis sur un tabouret haut et une dame m'a projeté le film rafistolé noir et blanc muet sur une visionneuse posée sur une table, un écran au format d'un feuillet A4, avec le ronronnement de l'appareil : exactement dans les conditions où le metteur en scène l'avait vu pour la première fois en 1922. C'était il y a moins d'un an et maintenant déjà je confondais les deux films : celui avec Conrad Veidt qui avait aussi interprété Oscar, le somnambule psychopathe du *Cabinet du docteur Caligari*, et l'autre avec Peter Lorre, vingt ans plus tard, une production américaine intitulée *Mad Love*, l'Amour fou. Je les mélangeais comme je fais un peu pour tout. Je revoyais des scènes en essayant de m'imaginer en chirurgien détraqué amoureux : dans une grande et belle villa, la femme d'Orlac, l'actrice, diaphane au milieu de fleurs blanches regarde inquiète le chirurgien, ce sera moi, je me profile lentement sortant de l'ombre, j'approche et je lui dis : « Ses mains n'ont pu être sauvées. On les a changées contre celles d'un assassin. » Le pianiste Orlac n'arrive pas à se servir de ses toutes nouvelles mains, alors je l'habille comme on habille un mannequin. Après avoir ôté ma blouse et mon masque de chirurgien, j'arrive dans le living-room de mon hôtel particulier et, vêtu d'un manteau à poignets et col de fourrure, assis sur un fauteuil à haut dossier ovale, je joue de l'orgue face à un miroir, seul dans une grande pièce où se trouve la statue de l'actrice. J'arrête de jouer pour elle puis m'approche et fais au mannequin de cire une grandiloquente et poétique déclaration d'amour : « Ô ma Galatée… »

En revenant de la Cinémathèque, je me disais que ce farceur Raul s'était foutu de moi, que je m'étais sûrement laissé abuser par la phrase fantaisiste d'un mystificateur professionnel, ivrogne de surcroît.

J'ai quand même essayé un peu seul devant le miroir de refaire celui qui avait marqué le rôle : cette façon de garder enfoncée dans les épaules une tête trop lourde d'angoisses et de secrets, les yeux globuleux — évoquant le poisson chinois de l'aquarium… et puis la voix, l'accent hongrois fondu dans l'américain, les deux fondus dans mon français… Mission impossible ! même au prix d'effets spéciaux pour mascarade : je mesure 1,82 mètre pour 76 kilos, j'ai les cheveux châtains, yeux verts, signe particulier : néant, la voix claire sans accent.

Alors inventerais-je un jeu où il y aurait un mixage de Peter Lorre et de moi, des échos lointains de Peter Lorre, un petit coup de chapeau à M. le Maudit !? Il arrive qu'un écrivain, parfois en invoquant son esprit mais aussi souvent sans le vouloir, fasse résonner dans le phrasé, le rythme, la tournure, enfin quoi la musique, un peu de l'âme d'un écrivain disparu qu'il admire. De même entend-on soudain, reste profane d'un rite funéraire tribal ancien, le timbre, l'expression d'un défunt dans la voix, le geste d'un parent qui, de son vivant, ne l'imitait aucunement. Une façon sans doute de le faire revenir un instant.

Raul après m'avoir fait sa proposition farfelue avait tranquillement regagné sa table pour rejoindre ses amis acteurs et il était en train de s'en aller, il m'avait fait signe de loin : j'te téléphone, avec Dafoe et Malkovich, et tandis qu'il ouvrait la porte du restaurant, venus de l'église Saint-Roch les lointains et grêles chœurs d'enfants étaient arrivés jusqu'ici. Tout à l'heure face à ma perplexité il m'avait dit en s'éloignant de ma table : « Paulo te fera un avant-contrat assez vite. » Contrat ? Contrat de cinéma ?! Ça a fait click dans ma tête car ce n'était pas la première fois que le cinéma venait me tenter : assis devant le fond sombre de l'aquarium, apparaît une photo négatif que je me serais développée, tirée dans la boîte, celle du crâne, et il me semblait la voir projetée sur l'écran liquide devant moi : le liseré rouge au bord de la nappe en papier, la déchirure en angle, les traces d'eau et de Cointreau et l'écriture en cursives aux *t* qui ressemblaient à des *l* mais sa signature, elle, nette et décidée. Je connaissais chaque mot, je l'avais relue souvent, cette phrase, au début je l'avais dans ma poche au cas où j'aurais pris la décision… j'ai parfois hésité… et puis après avec les mois les années…

dans un tiroir de bureau, je tombais dessus par hasard, et puis rangée avec les vieux documents dans un carton à la cave, et jetée un beau jour sans doute dans des poubelles, je sais plus, perdue. En voyant le morceau de papier ce soir devant moi, je revois en même temps, avec, la petite spirale verte comme s'ils étaient liés, le bout d'écorce tordu et la feuille froissée. Et j'entendais à nouveau, devant l'aquarium, la voix rauque, sarcastique et le rire démoniaque de Mazar… « Ah ah ah, caro Carlo, signe ! Moi, je te le signe, le contrat, tout de suite. Tiens ! je l'écris sur ce bout de nappe : ce jour 27 septembre 1972… c'est quelle heure ?… 20 h 43, moi Jean-Pierre Mazar, producteur, je m'engage à verser 5 % sur les recettes brutes du film — on va mettre un titre provisoire : *Le Boléro sanglant* tiré du scénario de Charles… ton vrai nom ou un pseudo ?

— Vaughan.

— Vaughan ? Où tu as trouvé ça ?!…

— Dans ce roman que je pense écrire un jour le type s'appelle Vaughan.

— Alors si tu deviens connu comme scénariste sous le nom de Vaughan, on croira que ce personnage de Vaughan c'est toi…

— Non, il fera des choses dans le livre que je ne pourrais absolument jamais faire. C'est une sorte de névropathe voyeur et sadique qui s'est évadé d'une clinique. Tu sais bien, je suis assez romanesque.

— Bon, si ça te plaît… Va pour Vaughan… Tu changes aussi ton prénom ou tu gardes le vrai ?

— Le vrai : Charles.

— Bon : le scénario de Charles Vaughan. Voilà, je

signe… Vas-y, signe aussi !… Tu hésites ? Je te demande pas avec ton sang ! Juste au crayon… Réfléchis. Bon, je monte vite me donner un coup de peigne et on y va… »

Ah oui, le coup du coup de peigne ! Il s'est dirigé vers la villa : il était petit et rond, les traits disharmonieux avec un nez trop grand, mais dès qu'il parlait, son mouvement rapide, l'œil sombre et profond, sa voix un peu voilée, le rythme de la parole distillaient un charme éblouissant qui, comme dans une chimie, affectait tout à coup ces défauts d'un coefficient positif. La métamorphose s'opérait. Il est réapparu peu après sur le balcon dans le soleil couchant, torse nu, avec un de ses boxer-shorts ridicules, sa mèche dans l'œil, le ciel devenait pourpre et noir, il commençait à bien pleuvoir, on voyait des éclairs au loin. « … Arrête tes histoires à la mords-moi l'nœud en dormant debout ! Tu lis trop… Tu devrais les jeter tes livres ! » À présent il criait… il chantait sur le balcon, faux bien sûr : « Basta con la tua somnambula e le pulvere rosa e tu la ritrovera la tua Marguerite », pas sur un air de bel canto, quelques notes de Gounod, je crois. Il agitait une serviette-éponge. Le coup de peigne semblait lui avoir filé une sacrée pêche ! Il est redescendu, costume blanc sur une chemise noire, chaussures Weston étincelantes, plus vif que jamais.

« Tu as réfléchi, Carlito ? Écoute, je te laisse ce papier, tu le signeras le jour où tu veux… »

Ma vie alors, je me dis des fois, aurait pu basculer : argent facile, limousines, vedettes, villas, piscines, Roederer Crystal, soirées genre ostéopathe mondain de Londres, Christine Keeler… Mais non ! No regrets ! ça commençait déjà à finir, tout ça : les producteurs flambeurs, les actrices flambées, le cinéma passait entre les mains de banquiers, exécutifs, exécuteurs, les filles menaient un combat pour devenir actrices d'un jour, jetables, elles n'avaient plus la tête à rigoler et l'argent servait à acquérir l'argent… l'argent, il aurait fallu l'avoir avant. Enfin, non, là en 72-73, l'année de *La Maman et la Putain* à Cannes, ça allait, de justesse, pour encore deux, trois ans ; après, ce serait la nouvelle ère glaciaire, le temps de boucler le scénar, tourner le film, ç'aurait été pour rien… comme pour le tango ! J'avais bien fait de ne rien faire.

78-79, on allait solder les comptes… inventaire avant de démarrer l'ère technologique barbare sans mémoire, œuvres complètes en DVD… Frigo ! Congélateur ! Greffiers !… Repli général !!… Restauration !!!… Et ce qu'on voulait à la rigueur encore voir sur l'écran c'était des plus moches et des plus malheureux que soi… ! Et des histoires plus tristes que la sienne pour ne pas désespérer. Alors pourquoi je l'aurais fait, le scénar ? puisque pauvre de moi, j'en étais resté aux piscines de Gatsby et de l'ostéopathe mondain de Londres ! Toujours aussi romanesque ! Un rêveur for ever !

« On rentre à Paris. Tu as qu'à rester là, tu seras tranquille pour écrire le scénar, m'avait dit Mazar. Toute la maison pour toi. Tu seras servi. Et pas de tentation : Rome n'est pas la porte à côté. D'ailleurs en cette saison ça manque un peu d'attrait. »

Alors j'étais resté un peu après qu'ils soient partis. C'était le mois d'octobre. Je ne suis pas d'accord avec T.S. Eliot qui a écrit qu'avril est le plus cruel des mois. Moi je trouve que c'est octobre. Quoi qu'il en soit, Margo était partie avec le producteur plein aux as, l'associé de Mazar, à Porto Ercole et les cyprès perdaient leurs feuilles. Il n'y a rien de plus lugubre, la nuit surtout, qu'un cyprès dénudé. La piscine avait été vidangée. Il n'y a rien de plus vide qu'une piscine vide.

Je suis quand même allé une journée à Rome. L'hôtel Hassler, place Trinità dei Monti, possède un bar panoramique au septième étage avec vue sur toute la ville : les toits-terrasses ocre, terre de Sienne, rose délavé, les coupoles dorées, Saint-Pierre au loin. Mais j'ai préféré le lobby où, en sirotant une margarita derrière un journal dont je tournais et retournais machinalement les pages, jetant à peine un œil distrait sur les photos et les gros titres, je pouvais regarder passer les gens, entrer, sortir, la porte-tambour ouverte ou fermée, je n'avais jamais pu me décider, dedans ? dehors ? J'ai vu au loin arriver Dominique Sanda, elle tournait sans doute à Cinecittà ou une publicité pour Bulgari, elle avait toujours sa pâleur diaphane et ce regard en dessous de novice aux troubles pensées coupables du modèle de dix-sept ans. Je la connaissais un peu, elle était mariée à un ami à moi, un jeune peintre dandy opiomane qui ressemblait à Bonaparte au pont d'Arcole : opium, chevaux alezans dans une grande maison de campagne à Saint-Léger-en-Yvelines : chevaux d'Arabie, chanvre indien et pavot, *divans profonds comme des tombeaux, soirs faits de rose et de bleu mystique*, un rêve d'Orient parfois troublé par une faute de ton bêtement réaliste comme la fois où, dans l'appartement du VIIe chic collet monté, au milieu des toiles post-préraphaélites, des effluves de *Quelques Fleurs* de Houbigant et des pipes en ivoire, elle avait jailli et l'avait poursuivi à toutes jambes en chemise de nuit à sept heures du matin jusque dans la rue Dupont-des-Loges devant les passants éberlués, brandissant un long couteau à viande.

Je la trouvais attirante mais là j'étais d'humeur sombre, je n'avais pas envie de parler ni de remuer des souvenirs de Paris. Je me suis abrité derrière le journal et j'ai continué longtemps à regarder tourner — ouverte ou fermée — la porte-tambour, dedans ou dehors, la revolving door j'adore. J'en avais oublié de visiter Rome.

« Tu veux un thé au jasmin ?

— Non, donne-moi le monocle. »

Il m'a apporté un alcool de riz et j'ai regardé la fille nue au fond de la porcelaine bleue. Mais c'était un gobelet spécial, made in Macao, enfer du jeu, paradis des mauvais garçons : la pin-up chinoise a les jambes écartées, le sourire lascif, l'œil mascara, comme dans un peep-show. Elle semblait en relief, un peu vivante, flottant dans du liquide. Avec Davé, on appelle ça un monocle depuis le soir où, assez ivre, je croyais avoir vidé le gobelet et, pour faire l'idiot, je m'étais brusquement mis le verre à l'œil. Il restait un peu d'alcool au fond et ça m'avait brûlé toute la nuit... Je voulais revoir la fille lubrique de Macao. Davé s'était assoupi sur une banquette. Je suis allé me servir à la bouteille derrière le comptoir. J'étais le diamantaire loupe vissée à l'œil expertisant le bijou précieux : le sexe ouvert... ses lèvres roses. Le Cardinal luisant bougeait un peu à un rythme régulier en lentes ondulations.

Ce n'était pas la première fois que, les circonstances aidant, ça me traversait la tête de jouer quelqu'un d'autre — et déjà aussi une figure du Mal... C'était trois ou quatre ans avant la proposition de Raul. J'étais alors dans une période de dépression : nuits blanches, et dans mon cerveau l'Irrémédiable, le Nevermore, le Remords, l'Indécision, l'Obsession, la brume et même les ténèbres marécageuses, la tourbe de la préhistoire. Presque en même temps on m'avait décerné une récompense littéraire inattendue, couronnement d'une vie nébuleuse et oisive de parasite, et mon père était mort sans que je vienne à son chevet. Et puis j'étais tombé sur un article dans le journal à propos d'une représentation aux Ateliers Berthier de *La Rose et la Hache*, une très libre adaptation par Carmelo Bene de *Richard III* de Shakespeare. Dans ce moment, plein de confusion, de mon existence, ce nom de Richard III, un des pires vilains du répertoire, a touché quelque chose en moi ce soir-là... Je me suis projeté un instant sur lui comme on peut s'identifier à quelqu'un à partir d'un détail infime, à cause, sans doute, en partie, de notre commune boiterie et un certain snobisme qui me pousse à me trouver sous n'importe quel prétexte une relation à des personnes célèbres, imaginaires ou réelles. Comme je l'ai dit, je m'étais fait ma petite liste de boiteux illustres, histoire de me sentir moins seul et même d'anoblir mon handicap : lord Byron, Ignace de Loyola, Goebbels, le duc de Talleyrand, le Docteur Mabuse. Et puis Jacob qui dans sa lutte toute la nuit avec l'Ange eut sa hanche déboîtée, c'est au livre 32 de la Genèse. Et enfin, notre patron à nous, le fils de Zeus et mari d'Aphrodite, Héphaïstos, alias Vulcain, le dieu boiteux, qui forge boucliers étincelants, bijoux et automates. Quand il était encore jeune, ça, c'est au livre 1 de l'*Iliade*, après une querelle où il prit le parti de sa mère, Zeus le saisit par un pied et le lança en bas de l'Olympe. Il tomba pendant tout un jour. Vers le soir il rencontra la Terre dans l'île de Lemnos. Oui, avec eux je me sentais moins seul ! Bien sûr le roi Richard III figurait sur la liste. Mais en plus le caractère de ce roi trouvait une résonance dans mon côté souvent malveillant, dépourvu de compassion, d'altruisme, et pour tout dire un peu étranger à la grande famille de l'Homme… un peu beaucoup, je crois bien que je suis pas membre à part entière. Je montre bien souvent de l'indifférence aux malheurs des autres et j'éprouve, je l'avoue, un certain plaisir esthétique à la vue, devant la télé, des grandes catastrophes : typhons, incendies, tremblements de terre, éruptions volcaniques et même, je le confesse, attentats et crashes. Enfin, pour tout dire, par moments je ne me sens pas parfaitement exactement totalement humain… « Plutôt tordu, le mec ! » Oui, et pas que ma démarche. J'ai, j'avais surtout dans cette époque d'insomnie et nerfs à vif, quelque chose de mauvais. Gloucester ne m'était donc pas tout à fait étranger. Je l'ai déjà dit, je n'ai jamais pensé à être acteur, je n'ai aucun don ni envie pour cela et d'ailleurs je n'aime pas le théâtre — mais là, jouer un roi cruel et prendre le risque extravagant de m'exhiber maladroitement sur une scène serait une manière d'exorcisme et de conjuration : dans les sociodrames de Moreno on utilise le théâtre comme thérapie pour les névroses, certains rituels nègres de désenvoûtement s'apparentent à cette catharsis dont parlait Aristote à propos du théâtre antique et aux conceptions modernes de l'art scénique : l'Actors Studio et sa Méthode enseignée par Lee Strasberg et Elia Kazan — c'était quoi ? Ils étaient tous bien flippés Marilyn James Dean Brando Montgomery Clift, tous en psychanalyse et le théâtre en plus pour ne pas se foutre en l'air dans cette société ultrapuritaine des années cinquante. Il n'y a pas de technique spéciale, c'est plutôt psychique, exercices de concentration, de respiration, aller à la recherche de ses souvenirs pour aborder le rôle... Ils ont construit leur jeu à partir de leurs faiblesses et autour de leurs blessures. De seulement avoir eu cette audace, moi le Juif huguenot coincé, j'en ressortirais arrogant sûr de moi et dominateur en ayant pris un peu de la brutale sauvagerie de ce roi contrefait et boiteux qui ignore la culpabilité et l'inhibition. Proférer l'âpre et rocailleuse langue élisabéthaine aurait un effet incantatoire, une purge pour mes indécisions et ma faiblesse. J'avais décidé de noyer ma minable dépression dans un acte dément d'un panache désespéré. Après tout, j'avais de l'argent, ce prix m'en avait rapporté encore plus, comme tombé du ciel, et je pouvais parfaitement me livrer à une petite excentricité, me payer pour un soir un joli théâtre à l'italienne ou un de ces anciens cabarets boîtes à striptease sortes de bonbonnières désaffectées de Pigalle, Follies Pigale je crois, ou non, plutôt la Nouvelle Ève, comme cette héritière américaine,

Florence Foster Jenkins, qui chaque année louait une salle de New York pour s'exhiber dans des opéras de Verdi, elle chantait faux et mal, elle coupait elle-même ses costumes — les enregistrements ont fini par devenir culte. Elle chantait à guichets fermés. Sold out! Une des sensations de la Season ! Je connaissais bien Georges Lavaudant qui dirigeait l'Odéon, il avait adapté à la scène pour deux comédiennes, à l'époque lointaine où il était à Grenoble, un petit livre de moi, *Télex nº 1*.

Un soir, un de ces soirs où on se dit que n'importe quel va-tout, même absurde, même fou, vaut mieux que cette gadoue mentale, je lui avais brusquement téléphoné... Non, d'abord j'avais fait le numéro et raccroché, je trouvais ça un peu gros, et puis j'ai rappelé : « Allô Jo... » c'était tard dans la nuit « Oui... Tu vas bien ?... Tu écris ? — Ouais euh un peu... — C'est quoi ? — Oh ! une histoire tordue, un type recousu amnésique et une fille somnambule !... Je voulais te parler... Je voudrais le numéro de téléphone d'Ariel... » Ariel Garcia Valdés avait triomphalement joué Richard III quinze ans plus tôt dans la Cour d'Honneur à Avignon. Il demeurait plusieurs années sans rien faire, vivait à Barcelone et revenait parfois pour quelques représentations surprenantes. Celles de Richard, restées dans les mémoires, en avaient fait un acteur culte. Je voulais donc lui demander des conseils. « ... Il faut que je lui parle... Voilà, j'aimerais jouer Richard III pour un soir. — Tu aimerais jouer quoi dans *Richard III* ? — J'aimerais jouer le Duc de Gloucester, qui devient le roi Richard à l'acte IV, j'aimerais jouer Richard ! J'aimerais jouer un Duc et un Roi ! » Lavaudant est quelqu'un de très gentil, très poli et en plus il m'aime bien : à peine a-t-il esquissé un petit rire. « Non, non, c'est sérieux… » Mais juste à ce moment je me demandais si c'était sérieux ou si je n'étais pas en train, sans l'avoir prémédité, et tout en parlant, de commencer à préparer l'argument et les dialogues d'un livre. Les deux peut-être. L'absurdité même, l'idiotie de mon projet me procurait pendant que je parlais la sorte de jubilation enfantine et morose de quelqu'un qui tombe, sombre et s'enfonce. Mais Lavaudant n'était pas contrariant « oui… oui… » mais toujours ce soupçon de rire indulgent qui m'agaçait. « Et puis c'est pas pour toi ce rôle. C'est le Mal absolu et toi tu as toujours l'air hésitant et mélancolique. — Non, non ! Tu m'as pas vu depuis longtemps : je suis devenu très très méchant ! En ce moment, je hais tout le monde. Quand le téléphone sonne je suis déjà hors de moi et je pense "Crève ! *Drop dead !*". » Il a quand même essayé d'amener la conversation sur un terrain légèrement plus cohérent : « Alors tu écris… vraiment ? Et c'est sur quoi ? Tu as un thème ? — Ça y est ! la tempête ! Attends, je reviens, je vais fermer les fenêtres sur le parc… Voilà ! Bon alors tu me donnes le numéro de… Un thème ? oui vaguement mais, tu sais bien, c'est un prétexte pour faire des images, jouer avec les mots, faire revenir quelques morts… le numéro d'Ariel. — Et un titre ? — Ou alors tu lui donnes le mien… Je sais pas, j'avais pensé *Machin et Machine*. — Et tu avances ? — Si j'avance ? Des fois je tourne en rond mais j'avance quand même, c'est une ligne courbe brisée… — Et le reste de la distribution ? — Non, je compte jouer un digest… une voix off indiquera les transitions… on fera juste les scènes clés… » Celle bien sûr où, après avoir fait exécuter son mari, Gloucester séduit Lady Anne : « *J'ai bien tué le roi Henry mais c'est ta beauté qui m'y a incité. C'est moi qui ai poignardé Edouard mais c'est ton visage divin qui m'y a poussé. — Je voudrais connaître ton cœur. — Il est peint par ma langue. — Je le crains, tous deux sont faux.* » J'ai la vidéocassette de la version de Laurence Olivier. L'interprétation, très physique, est d'une forte charge érotique, même fiévreuse, et Anne, c'est la superbe Claire Bloom, la future femme de Philip Roth : comme ça, ça me rapprocherait un peu de lui. J'ai pour amies deux ou trois actrices en vogue, des jeunes filles espiègles et téméraires, qui accepteront de bonne grâce le rôle de Lady Anne. « Les costumes ? — Des morceaux de vieux brocarts de soie du Marché Saint-Pierre sous lesquels on apercevra le bas effrangé du blue jean… look aristocrate voyou… Je vois un truc chic et trash, c'est très anglais ça, le trashchic… Avec bande-son enregistrée : cloches de la cathédrale de Westminster, bruits des lances et des armures… »

Mais je savais que tout ça était idiot parce que dans la scène 3 de l'acte V qui précède la bataille, Richard abandonné par le sommeil, poursuivi par le remords, l'obsession, assailli par les spectres de tous ceux qu'il a fait assassiner est allongé dans sa tente presque par terre sur un bat-flanc lit de camp. Avec mes jambes, cette double arthrose, je n'aurais pas pu me relever, même avec ma canne orthopédique chromée qui me servirait de sceptre. « Bon d'accord, j'ai fait, écoute Jo, désolé de t'avoir appelé si tard pour un projet à dormir debout… — Non, ça va, essaye d'écrire plutôt… »

Ingrid, qui avait fait du théâtre avec Fassbinder et en connaissait un bout sur les artifices de la scène, avait d'abord regardé ça d'un œil amusé comme une farce, mais lorsqu'elle s'est aperçue que la farce risquait de virer un peu sérieux : « Ça va pas ton truc, c'est pas parce que tu boites et que tu te crois un peu méchant... Ça suffit pas. L'acteur et le personnage, ça fait deux. — Oui merci, j'ai lu Diderot, le *Paradoxe sur le comédien*, avant toi... — Et puis trébucher, tomber, mal marcher sur scène, c'est un art, c'est encore plus difficile que marcher normalement, il faut mal marcher bien, sans ça, ça tombe à plat... » Je l'écoutais en souriant tandis qu'elle parlait et je pensais en même temps à autre chose : à l'époque de ce Prix... les photographes, les télés... Je m'étais mis à me maquiller avant de sortir, je ne me déplaçais plus sans un flacon de fond de teint, un petit peigne et un miroir de poche, je m'étudiais devant la glace : « Ça va comme je suis coiffé ?... le col de chemise dedans ou dehors ?... j'ai pas le teint un peu rouge ?... — Écoute, je n'ai surtout jamais, tu entends jamais, voulu vivre avec un acteur et j'en ai rencontré beaucoup, et des pas mal... mais jamais... et maintenant je me retrouve avec un écrivain qui se comporte comme une petite starlette !... » À présent j'attribuais sa réaction contre mon projet à cette phobie... Elle me disait : « Tu vas pas encore recommencer ! » Et je me revoyais un soir au Man Ray, un cocktail, j'avais mis mes lunettes noires, cinq, six photographes qui me shootaient, flashes ! pendant que je sortais... J'avançais sur eux, ils reculaient, c'était si amusant... un instant je me suis cru à Cannes ! « À Cannes tu te croyais ? sur le tapis, hein ! c'est ça ? les marches ?! » Elle semblait navrée pour moi, un peu agacée… Et maintenant je lui souriais mais je me disais : Peut-être qu'elle est jalouse, après tout, que moi aussi, comme elle, je me costume, je me maquille, je monte sur scène ! « Et puis tu veux peut-être chanter à ma place, tant que tu y es ? — Non, non… » Je sentais que ça pouvait vite dégénérer comme à l'époque avec la nappe… « … et puis je te dis rien quand tu écris des bouts de chansons, ou des notes ou je ne sais quoi, je t'accuse pas de vouloir prendre… — Mais tout le monde écrit, tout le monde apprend ça à l'école… ! — Mais tout le monde chante maintenant : karaoké, reality shows, Star Ac, et puis le truc avec Lio, Manœuvre et Manoukian sur la troisième… — Bon ! eh bien vas-y chez Manœuvre et Manoukian, "Nouvelle Star" ça s'appelle… Ce sera toi peut-être la nouvelle star… D'ailleurs c'est sur la 6 ! »

J'ai pas répondu, je me suis arrêté, je voulais surtout pas que ça recommence… la nuit où elle avait tiré la nappe et on avait tout cassé dans l'appartement pour une histoire de pédés bègues, de Juifs et de call-girls et je sais plus quoi encore, Jérusalem, les putes… J'ai juste ajouté : « Et puis d'ailleurs je veux pas chanter, je veux simplement jouer Richard III. »

À force, pendant que j'écrivais ce roman *Ingrid Caven*, d'avoir essayé de la comprendre, ses sentiments, ses souffrances, ses gestes, même sa voix, de m'être pour écrire avec vérité, de façon vivante, identifié un peu à elle, ça m'en avait donné le goût, je voulais maintenant sans doute franchir le pas supplémentaire et carrément prendre la place de mon héroïne, le personnage de mon livre, faire comme elle : jouer au cinoche, monter sur les planches.

Oui, je monterai sur scène comme on saute d'un pont ! Et le lendemain j'ai rappelé Lavaudant, tard le soir encore une fois : « Écoute Jo, j'ai une idée pour la scène des spectres : mes aides de camp peuvent m'aider à me relever, ils me soulèvent, ça donnera un aspect burlesque assez dans le ton de ce que cherchait Shakespeare... comme ma maladresse à jouer et à réciter... C'est un peu bête Shakespeare des fois... (Tout en parlant je me disais qu'un qui aurait adoré tout ce bazar c'était Mazar avec ses défis paradoxaux, son goût des situations rocambolesques et son ignorance du ridicule... Je l'entendais me dire : "Ouais ! vas-y avec des béquilles en or avec diamants de chez Tiffany, un souffleur en habit de soirée, la scène avec Anne, tu te conduis comme un porc main au panier.") Si moi Gloucester Richard tombe par terre, eh bien je tombe par terre, ça fera moderne comme dans *Godot* quand le gros bourgeois sadique Pozzo tombe et roule sur le dos comme une grosse bête, il peut plus se relever... Je ferais pareil, ça ferait un peu de *Godot* en sampling... très postmoderne. — Non mais attends, écoute... — Ça doit être rigolo à jouer une grosse bête sur le dos... et ça me distraira de ma dépression nerveuse... Tu as la grande tirade de Glou (je ne sais pourquoi — nom droit sorti de Beckett ? soudaine familiarité complice avec le personnage ? la glue l'égout où s'était englouti mon esprit ? — je m'étais mis à appeler Gloucester Glou) "*Donc voici l'hiver de notre déplaisir changé en glorieux été par ce soleil d'York... nos armes ébréchées pendues en trophées...*" et plouf ! je tombe et continue avec le texte de *Godot*... juste un petit peu, très court, un sampling... On sait aujourd'hui que, par exemple dans *Henri VIII*, un ou deux actes ont été écrits par Marlowe, ça jouait collectif à l'époque, alors pourquoi pas une petite interpolation du vieux Sam chez le grand Bill ? D'ailleurs Beckett c'est parfois du Shakespeare en compression, et ses clochards ont parfois le langage des rois… Il y a un rapport entre l'homme au fouet sadique qui vocifère des phrases pompeuses avec son esclave Didi qui tire la charrette comme un cheval et Glou. » Mais Jo ricanait, il ne prenait pas ma lubie au sérieux. « Mais Jo, je ne le ferai qu'une fois, et je suis sûr que ça me donnera une sorte d'assurance pour l'avenir. Au dernier acte, sur le champ de bataille où il est abandonné même par son cheval : "Fuyez mon seigneur, lui hurle un soldat. — J'ai joué ma vie sur un coup de dé et je veux en courir la chance." Moi qui suis prudent et même lâche, à force de répéter cette phrase en m'identifiant à Glou, peut-être qu'un jour je l'appliquerai pour de bon dans la vie : courir ma chance, jouer ma vie sur un coup de dé. — Pense plutôt à te faire opérer et à écrire… — Mais justement, si je joue Glou, ce boiteux sanguinaire qui se croit invincible, je pourrai avoir l'intrépidité de me faire opérer car je me sentirai supérieur : les acteurs finissent par s'identifier à leur personnage, il les vampirise quand c'est des rôles de cette trempe : à force de répéter les mots, les gestes… » Ces acteurs shakespeariens c'est une caste, ils vivent là-dedans comme dans un ordre, une espèce à part, des caractères hors du commun, façonnés par l'apprentissage du shakespeare, cette langue spéciale, une prononciation particulière, gutturale, sourde, pectorale, les dentales qui claquent, rythme irrégulier, jamais déclamé, tout dans le souffle, sans forcer, comme les très bons chanteurs. J'avais vu, j'avais vingt-deux, vingt-trois ans… non, là je me rajeunis trop, vingt-six, timoré, assis en face de moi un soir chez Castel rue Princesse, Peter O'Toole Lawrence d'Arabie était aussi pensionnaire de l'Old Vic ou du Royal Court Theatre je sais plus, ivre mort, allongé sur les genoux de plusieurs filles… éclatait d'un rire enfantin souverain, l'élan vital… Le monde semblait lui appartenir. Je regardais ça envieux. Ça venait de cette langue, si corporelle, je suis sûr. Et probablement de cette violence féodale, le sang, les oriflammes. Maintenant il rigolait franchement : « Le chambellan de la Cour qui te relève c'est complètement idiot. — Aujourd'hui tout le monde chante et joue, chacun son petit podium, magnétoscope, télévision, Star Ac, Totus mundus agit histrionem, pourquoi pas moi ? — Écris, ça vaudra mieux… — Bon, tu as sans doute raison. »

Pour quelque temps je n'y pensais plus, je restais chez moi à tourner en rond sans rien faire, à peine le journal, remâcher des regrets…

Et puis je le rappelais, je lui disais qu'il avait abandonné les audaces de sa jeunesse à Grenoble, l'époque où il montait une pièce avec des voyous lilliputiens sadiques… qu'il était devenu un fonctionnaire d'État… Il m'écoutait gentiment patiemment, il me connaissait depuis longtemps lui aussi il savait il était très gentil avec moi, Jo. Ça me faisait du bien… Puisqu'il n'y avait pas moyen d'après lui… ça semblait bouché… alors je racontais tout ce qui me passait par la tête, sur Richard et le théâtre et le reste, à un metteur en scène connu, ça me dispenserait peut-être de monter sur scène tout comme monter sur scène m'aurait peut-être dispensé de mes pulsions sadiques et m'aurait donné une force de… de cheval… « Mon royaume pour un cheval ! » Je lui racontais des fantasmes à moins que ce ne fût de merveilleuses idées de mise en scène postmoderne néopop à avant-goût futuriste… J'avais apparemment abandonné l'idée de jouer. « Mais pourquoi tu écris pas ? Tu vas pas rester encore vingt-cinq ans sans écrire ?! — J'ai rien à… je suis trop éthéré… besoin d'engagement physique… l'écrivain devrait davantage risquer son corps… » Ça y est, ça me reprenait, j'avais trouvé le biais pour relancer ma lubie. « Ça me fera une expérience, la scène et j'écrirai cette expérience. Ma vie est pauvre… rien à écrire. Regarde Arthur Cravan le poète, il était aussi boxeur, a fait un match contre le champion Jack Johnson qui l'a mis K.-O. d'entrée, et Hemingway aussi, faisait des trois rounds avec Ezra Pound, et un peu toréador, même si à mon avis c'était toréador en peau de lapin… Pourquoi un écrivain ne serait pas acteur shakespearien ? Je demande pas à monter sur un ring, juste sur une scène. Moi aussi je tomberai peut-être au sol après une minute. Et alors ? — Bon écoute ça va je vais donner ton téléphone à Ariel… »

Je voyais bien que l'aspect thérapeutique n'était pas la seule raison de mon projet. Je me doutais même que jouer un personnage un soir ne suffirait aucunement à m'imprégner de son caractère. C'était probablement un prétexte. Mais pour quoi ? Quelque chose d'autre se cachait derrière ce que j'étais en train de faire mais je n'arrivais pas à le voir et cela expliquait aussi peut-être pourquoi je le faisais : je me sentais stimulé par le côté idiot de cette situation — peut-être n'y avait-il rien derrière. Faire quelque chose sans savoir du tout pourquoi, un acte inexplicable, abandonner toute responsabilité et s'abandonner entièrement à une curiosité énorme, être pris de manière irrésistible par l'étrangeté, par le bouleversement de l'imprévu. J'avais entrepris de donner la représentation la plus périlleuse de ma vie et d'égarer les autres sur les fausses pistes de quelque chose de bien plus radical qu'un simple livre.

Trois semaines plus tard Ariel m'avait rappelé, il était d'accord pour me voir. Je ne lui avais pas dit de quoi il s'agissait. En me dirigeant vers le café proche du Théâtre de l'Odéon où il répétait avec Isabelle Huppert *Quartett* d'Heiner Müller, je me demandais comment j'allais aborder le problème. Je prononçai dans ma tête la phrase que je devrais lui dire : « J'aimerais jouer pour un soir le rôle de Richard III. » Je l'ai même dite une fois à haute voix dans la rue : ça sonnait totalement idiot, une imposture, une mascarade, un foutage de gueule, un type qui a fumé des coquelicots… Et, peut-être à cause de ça, je ne savais décidément pas si je voulais, ce qui s'appelle vouloir, jouer Glou, ou si c'était une rêverie au bord de mes ténèbres, juste un songe d'une nuit d'hiver, ou bien un jeu qui me fournirait le passage d'un livre. Dans le petit café désert il était seul assis dans l'ombre au fond replié sur lui-même plutôt frêle un physique ordinaire, aucun signe particulier, je faisais plus acteur que lui… Il m'a adressé de loin un pâle sourire de bienvenue… J'étais si concentré sur la façon dont j'allais présenter mon affaire que j'ai oublié de lui demander comment ça allait pour lui… la pièce à l'Odéon… sa vie à

Barcelone… ce culte dont son interprétation de 1984 faisait toujours l'objet. Il y a eu un long temps de silence. Il avait l'air perplexe et moi confus. Et puis je me suis lancé, autant me débarrasser, et j'ai dit la phrase : VOILÀ ! J'AIMERAIS JUSTE UN SOIR JOUER LE RÔLE DE RICHARD III DANS UN PETIT THÉÂTRE PARISIEN. J'ai entendu les mots résonner dans ma tête comme quand on est très enrhumé et j'ai eu l'impression que c'était un autre qui les prononçait. Il a fait « oui ? » avec un sourire aimable, même un peu timide… Et aussitôt j'ai pensé : il doit penser que je me moque de lui, de son travail, du Théâtre : sans doute Lavaudant lui avait-il dit que je n'aimais pas ça le théâtre, je ne venais jamais aux premières auxquelles il m'invitait. Je lui sortais mon habituel refrain, que j'avais été nourri des fantômes du cinématographe, et que toute cette pesante épaisseur, cette présence sur scène et ces cris… et puis ces planches, je préférais le bitume… et : « Hey ! Jo, regarde les gens à l'entrée avant la représentation… un brouhaha d'excitation et après à la fin quand ils sortent… silence… vidés… hagards… où est passée leur énergie ? Eh bien pour savoir va dans les loges : les acteurs sont remontés, érotisés… ils s'amusent, ils nous ont pompé notre sang ! » Lavaudant avait dû raconter ça à Ariel. Celui-ci me regardait, triste et sceptique j'avais l'impression. J'ai failli continuer quand même… Richard comment le voyez-vous… est-ce un salaud intégral… a-t-il une faille ?… Et puis je n'ai pas eu le cœur. Ce n'était pas un de ces cabots égocentriques du théâtre français, il jouait peu et comme une expérience forte, presque un rituel, et s'arrêtait longtemps, ne faisait plus parler de lui, disparaissait dans les bas-fonds de Barcelone… J'ai pas pu continuer. « Je voulais voir votre réaction : je suis en train d'écrire un livre… »

Mais où est passé le petit lettré chinois ? Je ne le vois plus. Ah ! Il est là-bas assis à une table, en chemise blanche, son éternel bout de soie autour du cou. Il fait encore une patience. Immobile, le buste droit, seules les mains, d'un mouvement mécanique, battent les cartes, les étalent, les ramassent et recommencent sans cesse, mais son esprit est loin, le temps s'est arrêté.

Maintenant j'étais presque sûr que Raul Ruiz ne m'appellerait plus. Et c'était bien ainsi. Si par hasard il m'appelait, je lui dirais non. À sa proposition, j'avais dit « Banco ! » un peu vite, mais j'ai bientôt pensé que cette image fantomatique de moi pourrait bien aller se balader aux quatre coins de France ou peut-être même de la planète dans des endroits que j'ignore, où je n'aurais sans doute jamais voulu mettre les pieds et devant le regard d'inconnus que pour la plupart je n'aimerais rencontrer pour rien au monde. Je serais alors à leur merci, projeté dans l'air dans un faisceau de poussières, livré, impuissant, à leur regard, à leurs rires, à leurs sarcasmes et leur indifférence, sans pouvoir me défendre.

Mon valet, juste avant de me donner son congé il y a quelques années, m'a volé une collection de cannes ainsi qu'une robe de chambre en lin noir jamais portée de chez Harrods et deux gilets sans manches, un grenat l'autre turquoise. Tout cela je ne le mettais plus, cet attirail suranné de dandy d'un autre siècle. Là n'est pas la question : je craignais, je crains toujours que ce valet indélicat ne m'apparaisse soudain une nuit au détour d'une rue, vêtu de mon gilet grenat un peu mité, une canne à pommeau vert à la main, double ironique et fatal, réactivant ce personnage anachronique, que j'ai depuis longtemps rejeté, dont j'affectais les manières dans les années 60-70 sans en avoir les moyens financiers et sans y mettre l'héroïsme nécessaire. Mes tentatives dérisoires ne dépassaient pas, là comme souvent ailleurs, le stade de l'esquisse.

Surtout, il y avait autre chose : longtemps, je ne me suis pas considéré comme un écrivain, d'abord parce que, après avoir publié deux minces livres sans substance, j'avais traversé une longue éclipse où je me contentais de prendre des notes sur un carnet.

Et puis le mot même m'a toujours un peu gêné et, aujourd'hui encore, à « Profession », *Écrivain* ne vient pas à ma bouche ni sous ma plume, et je dis *Journaliste*, ce que je suis encore moins, ou bien *Sans profession*. C'est sans doute un respect devant le mot et ce qu'il a pu dans le passé signifier de prestigieux et à quoi je pensais ne pouvoir prétendre, mais aussi une attitude supérieure de dandy dilettante qui s'imagine préférable d'être plutôt que de faire et répugne à toute poubellication d'un écrit vain. C'est seulement depuis peu, peut-être parce que je n'ai su être suffisamment « dans la vie » ce personnage que je souhaitais, et encouragé par un succès littéraire inattendu, que je parviens, du bout des lèvres, à répondre dans un souffle : « Écrivain ! » Mais alors, si je voulais sauver un éventuel talent, il me fallait rester dans l'ombre : l'écrivain est un vampyre, un clandestin, un espion, un agent secret. Éventuellement un agent double qui va dans le monde en amenant son ombre dans la lumière. C'était peut-être superstition mais j'étais sûr que jouer la comédie, Gogol et Glou, sous les projecteurs me ferait à l'instant même, comme dans les contes, perdre ma capacité à écrire : la lumière est fatale au vampyre et j'avais lu dans Otto Rank que, pour certaines tribus africaines, l'ombre est la manifestation de leur âme : un homme sans ombre est un homme sans âme : et alors du coup me revenaient les mots de celui qui avait écrit son livre allongé dans une chambre capitonnée de liège volets clos rideaux tirés, navigateur du Temps dans son bathyscaphe : *Les meilleurs livres ne viennent pas de la conversation et de la lumière mais du silence et de la nuit.*

Le bureau où j'écris est situé en vis-à-vis d'une longue façade blanche, hautes fenêtres en ogives, éclairée jusqu'à l'aube d'une lumière pâle par des lanternes. C'est l'ancienne ambassade de la Russie des tsars et de Staline, devenue par la suite une simple annexe à moitié désaffectée. Je ne sais pas ce qu'il y a, mais je vois sur le toit une petite tourelle, cinq antennes, une parabole. Quelqu'un m'a dit : « un dépôt d'archives », mais peut-être aussi un central d'observation, télécommunications, radars, sonars ? Je suis le seul de mon immeuble à veiller si tard, dans la lumière de ma lampe. Des fois je me demande s'ils m'observent avec des longues-vues, un télescope spécial, la nuit avec infrarouges ? Ils doivent se poser des questions sur ce type enfermé dans son petit bureau avec par terre ces monceaux de paperasses, amoncellement de vieux journaux, emballages inutiles, et collées sur son mur une couverture de *Science et Vie* : « La Drogue et Le Cerveau », avec un dessin du cerveau, ses zones constellées de minuscules étoiles vert, rouge, jaune, étincelantes comme des ampoules électriques de Noël, la planche de l'arthrologie des membres inférieurs, et la petite photo, découpée dans un magazine, d'un couple légendaire : Madeleine Vionnet et son mannequin de bois sur lequel, ciseaux à la main, elle est en train de couper en oblique une vaporeuse robe blanche, et c'est pas fini, sur sa table de travail un jeu de cartes éparses avec dessus des directives : LISTEN TO THE QUIET VOICE HONOR THY ERRORS AS HIDDEN INTENTION et une boule noire avec un 8 dessus achetée chez F.A.O. Schwartz, New York, *Eight Ball* magique que l'on secoue et dedans s'y allument de brèves formules qui répondent à toutes nos questions. Autre chose ? Oui, trois petites toupies qu'il m'arrive de faire tournoyer, et j'écris une phrase au rythme aléatoire de leur ballet : à la première qui s'arrête et tombe, je place une virgule, à la deuxième trois points, et ma phrase s'achève quand la troisième achève sa virevolte. L'antre d'un chiffonnier pervers ? un type qui joue sans arrêt en faisant semblant de travailler ? Là-bas je serais tout de suite bon pour l'asile psychiatrique. Et encore, ils ne parviennent pas, j'espère, à bien lire les choses que je note sur tous ces bouts de papier et ne savent pas qu'il y a dix ans j'épiais de derrière ma fenêtre avec une longue-vue leurs trois lolitas. Du reste cette façade blanche éclairée d'une lumière pâle la nuit, le perron et les marches qui descendent vers le parc désert évoquent une clinique de repos de luxe isolée dans la campagne. Une seule petite fenêtre avec un voilage, en haut à droite, à la même hauteur et juste en face de la mienne, au quatrième étage, reste allumée jusqu'au matin : là où se trouve celui qui m'observe avec le télescope à infrarouges ? Face à face toute la nuit, nous sommes deux veilleurs : lui me surveille, moi je veille sur les mots.

Pour des détails, juste à cause de ces chœurs cristallins échappés de Purcell et des chapeaux à fleurs comme à Covent Garden le soir, cette rue Saint-Roch était devenue pour moi le Londres du XIXe siècle, Thomas de Quincey mangeur d'opium… J'aimais beaucoup ça, une autre ville, enfin un de ses aspects, venant comme une illusion, un simulacre, ma myopie aidant, se décalquer sur une autre. J'ai cru sincèrement voir, depuis le quai Voltaire vers onze heures le soir, venir à la place de la sombre gare d'Orsay, sa verrière, sous le ciel mauve et noir, Londres et le Crystal Palace.

Le clocher de Saint-Roch vient de sonner quatre heures. Le petit Chinois est debout contre l'aquarium. Ainsi éclairé d'en dessous, son visage s'est élargi, les pommettes plus hautes, autour de ses yeux fixes les ombres plus marquées. Soudain, dans cette lumière, il ressemble un instant à Peter Lorre, mélange d'enfance attardée et de perversité triste…

J'avais lu dans un magazine que Peter Lorre était morphinomane. Lors d'une croisière, il avait même quitté le bateau à Syracuse pour trouver de la morphine et il n'était pas remonté à bord.

Je m'étais demandé si Davé n'allait pas, après la fermeture, dans la petite pièce, celle qui est en face des toilettes tout au fond à gauche et où un jour, j'avais trop bu, je m'étais trompé de côté, j'étais entré par mégarde, juste une seconde, le temps d'ouvrir, refermer, j'avais cru voir dans cette sorte de cabine un bat-flanc, non, même deux, superposés. J'avais lu comme tout le monde Tintin, *Le Lotus Bleu*, les trois cases sur fond rose thé de la planche 20 où, habillé en chinois avec le petit chapeau noir plat, il est allongé, pipe à opium à la bouche, le visage appuyé sur une main, un sourire d'extase, il plane. Le restaurant, sa fumerie dans l'arrière-salle est une couverture, c'est le repaire d'une organisation criminelle...

Et à présent, ainsi qu'un voile, une soie imprimée, une de ces transparences des anciens studios de cinéma, venait se superposer, glisser sur ce Londres XIXe un Shanghai années trente, les brumes d'un film de von Sternberg : ce filtre pourtant, c'était seulement, je le savais, les épaisses volutes de mes Sumatra et les vapeurs échappées de la cuisine qui stagnaient dans l'air du restaurant et la confusion de mon esprit embrumé et aussi ma fantaisie. L'illusion, imaginer autre chose, c'est ça qu'il y avait eu dans les années rose poussière aux paupières : la réalité n'était pas plus rose mais on gardait des illusions, elles sont parties en poussière. Aujourd'hui presque plus de rêve face à cette trop forte réalité. Alors heureusement Paris Londres Shanghai je mélange, 2009-1850-1930, les temps, les lieux, je confonds, c'est comme avec la drogue, les gens aussi parfois, je suis très romanesque. Et plutôt instable, c'est le prix à payer. Où en étais-je ? Ah oui, c'est ça, *Le Lotus bleu*, Joseph von, décors de soie. Je commençais à dériver un peu, en flottant pas mal. C'est l'avantage de ne se fixer longtemps sur rien, de manquer d'esprit de suite, de ne pas croire qu'un os est un os, une rose une rose. C'est pratique ! Comme ces opérations de chirurgie plastique dont j'ai parlé : on choisit des yeux, un nez, une bouche, d'acteurs célèbres, si on veut, ou de sportifs, un composite, tout l'assortiment, lamelles juxtaposées, superposées, pour juger de l'harmonie de l'ensemble. Pareil les décors que les corps : je faisais glisser sur le son de l'église, les chœurs d'enfants, les cires blousées de roses sous des chapeaux à fleurs aux rubans excentriques, enfin le Londres du XIXe siècle, Shanghai 1935. 1935-1850 en même temps, Shanghai-sur-Londres, quel voyage ! Quel jet privé m'emmènerait dans une ville pareille ?

Le petit Chinois lettré s'est endormi là-bas sur la banquette. L'aquarium qui, depuis un moment, était transparent, par un jeu de lumière est devenu trouble, puis obscurci, on ne voit même plus les scintillations minium de l'Ange doré et du Cardinal rouge qui ont disparu — poissons solubles ? J'ai le regard fixé sur cet écran liquide : lèvres ourlées, elle s'avance dans le noir, ses yeux sont à peine ouverts. Sait-elle qu'elle est une voyante ? C'est aussi une malade. C'est Gene Tierney : toujours entre deux hôpitaux psychiatriques, sous l'emprise lointaine de forces obscures, égarée, en permission, l'air de venir d'un autre monde, et d'avoir vu ce qu'il ne faut jamais voir. C'est *The Shanghai Gesture*, elle s'appelle Poppy. Elle est la proie passive d'une énigmatique Chinoise dont le visage est un masque au regard de Méduse, surmonté d'une tiare démesurée de cheveux sculptés : Mother Gin Sling qui règne sur une maison de jeu enfumée et grouillante du Shanghai interlope. Poppy est envoûtée par un gigolo d'opérette grimé en Arabe du désert, Omar, il lui récite des poèmes bidon d'Omar Khayyam. Shanghai n'est qu'un décor exotique de carton. Ce sont les visages qui comptent, les yeux, le pouvoir dans les regards, la lumière sur la peau et la pensée qui me quitte rarement que c'est une machine qui rencontre ce visage… et l'histoire d'amour c'est cette rencontre-là.

Je m'aperçois que, à l'époque, il y a maintenant des lustres, quand j'avais dit à Mazar qui me demandait : « C'est quoi ce roman ? — Oh… une espèce de jeune somnambule dans la ville… sous hypnose, traquée détraquée… Elle possède un secret. — Oh, arrête avec ta poésie ! », il s'était moqué de moi, elle avait, sans que je le réalise, un peu les traits et l'allure égarée de Gene Tierney, en plus jeune peut-être, dix-huit, dix-neuf ans.

Des paroles d'une chanson électro-pop d'Étienne Daho m'ont traversé la tête et je les ai fredonnées devant l'aquarium : *Swimming swimming swimming Looking for your ship swimming Laura Poppy Gene Tierney And the screen filled with your cold blue eyes*. Le Cardinal était réapparu luisant ondulant avec ses rayures bleu électrique et sa longue bande pourpre… un sex toy pour Laura Poppy ?

Machinalement je m'étais levé, je me dirigeai vers la porte.

Dans la rue obscure le vent faisait voleter les flocons de neige. « Taxi ! » Une portière s'est ouverte. « Nous allons où ? — Roulez vers l'ouest ! — L'ouest où ? — Le long du fleuve. » Quelque chose m'avait soudain poussé, malgré ma fatigue et mon cerveau embrumé, à refaire le parcours que j'avais fait un an plus tôt à la même époque autour de Noël dans la nuit de Paris pour cet article dans *Libération* que j'avais appelé « Silver Phantom », mais il ne s'agissait alors que du nom du dernier modèle Rolls-Royce, peut-être aussi de la couleur argent des cheveux de Jim Jarmusch et de son air venu d'ailleurs, et à revenir sur les lieux que j'avais en les décrivant revêtus d'un aspect sombrement mystérieux qu'ils n'avaient peut-être pas vraiment.

Et à nouveau maintenant la ville défilait : cours la Reine, cours Albert-1er, place de la Reine-Astrid, les arbres sur les côtés, quai de New-York, toujours les arbres que les lumières des bateaux sur la Seine et le rayon bleu de la tour Eiffel rendaient irréels… et puis j'ai vu se profiler sous une fine couche blanche la carcasse métallique du pont de

Bir-Hakeim où on avait fait des photos de nuit… « Je vais voir si mes impressions sont les mêmes aujourd'hui… — Pardon ? — Non non, faites pas attention… je parle tout seul ! » C'était désert et sombre… Je me suis avancé sur le pont, vers le même endroit où on me voit sur les photos publiées… Sur l'une j'avais l'air d'un extraterrestre, une boule blanche à la place de la tête, un halo dans le noir, au loin le quai du Point-du-Jour, les rives mal éclairées. C'est Jim qui avait fait la photo avec sa vieille boîte de quatre sous bricolée, un objectif de Leica dedans.

Ça y est, j'y étais, je me tenais maintenant juste à l'endroit où je suis sur le cliché de *Libération* avec, en perspective, les grandes arches de ferraille et la bouche d'ombre à l'autre extrémité du pont où la brume épaisse se dissipait en lambeaux. Un bruit venait… un cliquètement métallique le long de la rambarde… un bracelet ? une chaîne ? un instant j'ai cru voir avancer des vêtements flottant posés sur… rien. Main gantée de chevreau couleur cendre, boutons de manchettes à double tête de chat, foulard de soie noué en cravate, préciosité dandy d'un autre siècle ; mais la veste à épaulettes sur une chemise à empiècements noirs et les chaussures Two-Tone à la mode ska du début des années quatre-vingt, et une jambe de blue-jean déchiquetée qui laissait apparaître de nombreuses entailles, peut-être de couteau, à la cuisse — très punk trash no future —, tout cela en faisait un mannequin sur lequel s'étaient posés des habits d'époques et de modes diverses, mais qui avaient toutes en commun une sorte de chic désespéré. Ça me disait vaguement quelque chose… J'avais pas vu ça quelque part il y a longtemps ? ou lu ? ou rêvé ? C'est pas lui ?! Non, ce ne serait pas vraisemblable. Mais il y avait eu cette soirée, cette nuit farfelue chez le Chinois… Docteurs détraqués, duc de Gloucester, Gene Tierney sortant de l'aquarium, et puis à force de solitude, les nerfs à vif, l'insomnie, le désordre qu'était ma vie et puis je suis si romanesque : je prends vite parfois la fiction pour la réalité… et puis voir partout sur mon bureau, sur les murs, par terre, ces feuilles blanches, un courant d'air elles s'envolent, viennent jusque dans mes rêves… Alors là je me suis dit : « Ça y est, tu es mûr ! Juste dans l'état pour une apparition, un fantôme ! » Car il me semblait avoir reconnu une des idoles de ma jeunesse et quelque chose me disait : « Lafcadio ! »

Celui-là ça faisait longtemps… ! Il avait été si célèbre à l'époque… comme une supervedette de cinéma, on le copiait, c'était devenu un rôle modèle et pourtant ce n'était qu'une figure faite d'encre et de papier. Ça devait être dans les années trente, encore un peu dans les '50s… Et puis, comme avec ces vedettes du muet noir et blanc, fantômes eux aussi avec lesquels le parlant en couleurs n'avait plus rien à faire, il avait été oublié — et il m'apparaissait cette nuit sur ce pont ! Comme un reproche ? ou une incitation ? Je revoyais la carte, peut-être prophétique, d'Oblique Strategies : GHOST ECHOES.

Alors comme ça il y avait des personnages d'encre et de papier qui s'incarnaient, si on peut dire, en fantômes ?! Des fantômes de fantômes ?

Je me tenais sur mes gardes : il avait bien poussé d'un chemin de fer en marche un inconnu, comme ça, pour rien, acte gratuit… ! Pourquoi pas me précipiter moi cette nuit par-dessus la rambarde d'un pont de fer ?

Mais finalement non… il est passé à côté de moi… je me suis retourné… je ne voyais plus personne mais je sentais une présence autour… C'était comme si ce que j'avais raconté de manière décorative dans mon article pour lui donner un genre fantastique, juste pour la frime, avait pris forme réelle. Depuis un bon moment déjà j'avais l'impression de me trouver au bord d'une fiction.

Ce fantôme de Lafcadio errait sans doute parfois la nuit, attendant que quelqu'un le sorte de l'oubli en échange, pour la peine, d'un peu de son esprit… Il demandait à être exhumé de ces vieilles caves. Et ce pouvait bien être lui, réanimé, sur le pont : un jeune révolté destroy d'aujourd'hui voulant être reconnu.

Lafcadio ! Ça faisait près d'un siècle ! Se détachant sur fond de terroir d'une société française déjà presque moisie, ce subtil bâtard apatride de vingt ans qui avait passé un peu de son enfance dans un château des Carpates n'est qu'une silhouette à peine esquissée, mais deux accessoires qu'il a toujours sur lui symbolisent son caractère : un couteau et un dé : il se punit d'une parfois deux entailles au canif à l'avant-bras et au poignet pour avoir dérogé à sa froide désinvolture et avoir montré une émotion. Le goût du risque et du hasard et son indifférence lui font prendre les décisions cruciales avec un dé de tric-trac. C'est sur un coup de dé qu'il pousse d'un train sous un pont justement, par simple répulsion, un bourgeois inconnu, devenant le modèle de tous ces strangers on a train dont la rencontre fortuite se révèle fatale.

Croiser des fantômes est un luxe réservé à de riches oisifs aux nerfs fragiles et un peu hors du monde, je me disais dans le taxi tandis que redéfilaient dans l'autre sens les rives du fleuve éclairé de loin en loin par les lumières balayantes. En plus, le face-à-face avec mon squelette, cette nuit où avaient ressurgi les souvenirs des créatures fantastiques du cinéma allemand, et de l'univers de Shakespeare hanté par les spectres, et même l'état dépressif, l'ornière où je me trouvais tout cela avait dû me mettre dans un état de réceptivité particulier. Et puis il y avait ce roman morbide chic que j'essayais d'écrire depuis bien longtemps, et à force d'écrire des choses étranges, ces choses étranges finissent par arriver.

« Comment m'as-tu reconnu ? et maintenant il parlait, comment as-tu su que c'était moi ?

— Je suis un des rares aujourd'hui à avoir encore ton signalement, et il y avait un accessoire révélateur : les boutons de manchettes en jade à double tête de chat. Ce qui m'a intrigué, ce sont les entailles à la cuisse au lieu de l'avant-bras mais je me suis dit que sur les bras après si longtemps il n'y avait plus de place. Bientôt tu seras scarifié sur tout le corps ! Mais surtout, ce qui t'a trahi, c'est le dé de tric-trac que tu lançais en l'air deux, trois fois de ta main gantée de chevreau au bout du pont avant de disparaître. Tu as l'air d'aimer les ponts…

— Oui, suspendus comme moi dans un état intermédiaire.

— Et ton canif, tu l'as toujours ?

— Oui, maintenant c'est le petit Laguiole design à manche d'ivoire. Même un fantôme doit bien aller avec le temps. Tu n'as pas pensé que je pourrais être un imitateur ?... J'en avais plein dans le temps.

— Tu plaisantes ? Ça n'a pas de sens. Plus personne ne te connaît, on a oublié même ton nom...

— Dis tout de suite que je suis ton fantôme perso... et même que tu m'as imaginé.

— Ça, je n'oserais pas. Je connais ton inventeur, c'était pas un rigolo. Tu vas voir, je vais te relancer, te remettre à la mode ; on a à nouveau besoin de personnes comme toi, tu vas devenir un nom de boîte de nuit ! »

Mais non ! les fantômes sont muets et ce dialogue n'avait lieu que dans ma tête dérangée.

La voiture passait maintenant devant la pyramide et je contemplai cette forme intemporelle, quatre triangles qui se joignent au sommet, trois fois rien, un peu de vide dedans et autour qui révélait la pesanteur de tout le reste... Elle semblait irréelle sous la lune. « Elle pourrait s'envoler ! » M. Émile qui avait supervisé les travaux du Louvre au nom du Président m'avait raconté l'anecdote : le directeur de la Société de la tour Eiffel avait eu cette phrase en voyant la maquette de verre. Ieoh Ming Pei avait souri, pas par scepticisme mais parce que l'idée d'une transmigration aérienne devait amuser ce malicieux bouddhiste chinois. Je voyais ça d'ici : lasse de la vieille place du Carrousel où elle était comme égarée, la pyramide aux 777 losanges de verre se soulève, s'envole, c'est la nuit, traverse les océans, survole les Açores, dérive un peu, Terre-Neuve, un peu beaucoup, les îles Aléoutiennes... puis descend lentement sur Manhattan, vers la 56e Rue et vient délicatement s'encastrer sur l'Hôtel des Quatre Saisons, qui avait l'air d'un temple avec son personnel d'officiants, dans cette ville monumentale et cristalline où était sa vraie place au milieu de ces édifices dont parfois on ne savait dire si c'étaient des ruines anciennes ou des ébauches d'un monde futur. Après tout, il y a bien les irréductibles messianiques d'Israël qui, s'appuyant sur l'Ancien Testament, pensent que le Troisième Temple Juif va un de ces jours descendre du ciel et se poser sur Jérusalem.

… Rue des Pyramides… Rue des Capucines… Rue des boutiques éclairées : la rue Saint-Honoré. La voiture longea au ralenti le vitrage brun dépoli et s'arrêta devant l'hôtel. Et, pareil que l'autre fois, c'était à nouveau les quelques marches puis la lourde et haute porte de bois noir vernissé où miroitent des ombres et tout de suite le long corridor sombre et étroit bordé de murs en miroirs ternis et en arrivant dans le hall, surprise ! comme il y a un an à la même heure, Nancy Sinatra, *Bang Bang*, le son stéréo cristallin… dans l'hôtel Costes désert, comme si l'air était passé en boucle sans arrêt depuis ou que le temps s'était arrêté. On aurait dit d'autres temps dans le même lieu. Les salons au fond, velours pourpre… le patio aux murs terre de Sienne, les petits balcons des chambres, les stucs et les statues romaines de plâtre en toc…

Personne, pas de concierge à la réception. Cette fois encore, j'ai voulu descendre à la piscine où se situait une scène burlesque avec Jim de mon papier pour *Libération*. Je voulais voir si je n'avais pas trop brodé et poétisé. L'ascenseur de bois sombre, il descend sous le sol, un couloir, une porte s'ouvre : c'était turquoise et noir. Turquoise, l'eau calme d'une piscine, sertie entre un mur de céramique bleue et de hauts voilages immobiles. Laque profonde des tables basses, avec leurs longs bougeoirs diffusant une lumière indigo. J'étais lentement gagné par un état de léthargie… ombres tremblées sur l'écran du mur, scintillations dans l'eau turquoise, laque noire… C'était pareil, cette nuit, bien sûr, comme si l'hôtel était une parenthèse et que j'entrais là dans un temps dilaté. Pendant que l'ascenseur remontait en silence de sous la terre, j'ai eu un léger vertige, sans doute les insomnies, la solitude, mon état nerveux, la nuit farfelue, quatre cinq secondes, une évanescence et, juste après, la sensation d'une présence, comme sur le pont mais cette fois immatérielle. Dans le vide de l'hôtel, cette présence diffuse, invisible, était-ce cela qu'on appelle une âme ? C'était… je ne me souvenais plus… rien que d'un décor vague : … *dans une chambre du Savoy…* et puis une femme. *Elle était ivre… Elle étirait ses longues jambes…* Ça me revenait peu à peu *Décolletée jusqu'à l'indécence… ses cheveux blonds sous les lumières…* Ah ! oui, la fille, c'était Dorothea, on l'appelait Dirty… *aussi saoule qu'elle était belle…* une atmosphère crue… Je m'y serais cru, c'est pour ça, j'ai dû un instant me prendre pour… l'homme je ne savais plus son nom et il n'avait pas de visage (il n'en avait jamais eu), alors je n'avais qu'à lui prêter le mien et prendre sa place ! C'est un jeu d'enfant ! Même un enfantillage. Sans doute j'imaginais les chambres là-haut sur le patio et une fois de plus j'y superposais un complément de décor, des personnages, un début d'action, je suis si romanesque ! Dans *Sherlock Junior*, Buster Keaton est projectionniste et s'endort dans la cabine et rêve : il descend dans la salle et, comme Alice à travers le miroir, il passe de l'autre côté de l'écran et entre dans le film, noir et blanc, muet, le monde des fantômes : mauvais garçons, beautés dangereuses, armes à feu… Moi aussi, dans la cabine d'ascenseur, je projetais. Mais et moi ? est-ce que j'entrais dans le livre ou est-ce que le personnage du livre venait à moi ? À mon avis nous faisions un pas chacun l'un vers l'autre jusqu'à nous rencontrer le fantôme et moi. Une fois de plus, sur ce qu'on nomme la réalité, je plaquais des souvenirs effilochés de fiction. Ma parole, c'est une maladie ! Mais tout aujourd'hui, dans la journée surtout, me semble si irréel, si malade, si fou… du spectacle vraiment, des spectres undercover… Bref j'étais dans un état intermédiaire. Ça y est, j'avais trouvé, c'était l'âme, l'Ombre de Troppmann ! Cette nuit, j'allais d'un fantôme l'autre !!…

Troppmann ! Ce personnage sans visage, au nom de serial killer du XIXe, fait de monstrueuses anomalies est, bien sûr, loin de moi… toute cette abjection, ces aberrations, cette idiotie alcoolisée proche de l'extase… toujours cet arrière-goût de cadavre ! Mais n'est-ce pas l'apanage de la fiction que de nous amener dans des mondes éloignés au point de parfois s'y croire et de nous faire éprouver des émotions qu'on ne connaissait pas, même les plus surprenantes, et on les fait nôtres. J'ai une certaine propension à adopter les émotions des autres, un peu sans doute parce que j'en suis dépourvu, je peux vite en faire ma propre réalité. C'était un climat que je ressentais, venu d'une projection de moi dans un décor de livre et aussi du lieu où je me trouvais, vide donc propice à s'emplir de tout un imaginaire, de tous les fantasmes. En plus, le Costes, c'était l'hôtel des acteurs à succès, rock stars et mannequins aux vies dissolues et scandaleuses : alcool, sexe, drogues, suites saccagées par Kate Moss déglinguée, pareil que dans le monde romanesque où était Troppmann — voué à l'excès. Comme dans nos rêves où il est entendu que… il m'était insinué, c'était comme ça, que cette présence était celle de Troppmann… enfin, son fantôme…

Alors donc son fantôme, quatre-vingts ans plus tard, était descendu au Costes, dans cet endroit chic, fashion, très tendance ? Faut croire que les fantômes redevenaient à la mode ! Je me sentais un peu faible, je me disais que si je m'y étais plongé j'aurais pu fondre dans la piscine, et je n'avais pas osé me regarder dans la glace de l'ascenseur de peur de mal me reconnaître et soupirer « qui c'est celui-là ? ». Je ne suis pas naïf, ni attiré par ces histoires paranormales, soi-disant manifestations de l'occulte… *Twilight Zone*… N'empêche, j'avais senti une présence… Je pensais peut-être que c'était plus un fantasme qu'un fantôme, une émanation de moi, une projection. Et si je me prenais maintenant pour Troppmann ? ou que je m'identifie à lui ? ou veuille être comme Troppmann ? Mais fantôme, fantasme, projection, émanation, qu'est-ce que ça changeait ? D'une manière ou d'une autre il était là, pour une nuit, sorti des pages d'un livre !

D'ailleurs, oui, j'aurais bien aimé être Troppmann et surtout à l'époque : Barcelone, le cabaret interlope La Criola, les bruits d'armes de la guerre civile pendant que je suis dans un bordel, et puis baiser avec Dirty au Savoy — *Toxic loves in frozen palaces* — et à la fin la nuit avec elle dans la boue du cimetière de Trèves, dans le lointain les chants, les bannières noires annonçant le chaos et l'abîme.

Je suis si romanesque ! Tout ça je l'avais oublié depuis le temps, cette ambiance, il faut dire que ça colle si peu avec aujourd'hui, ce monde terne, ennuyeux… cette fadeur… cette correction, oui, vaut mieux oublier le passé… Ça avait dû s'imposer en douce quand je suis revenu de ce petit malaise dans l'ascenseur qui remontait de sous la terre.

C'était… presque rien… peut-être rien, même, certainement mon état mais le vide à cet instant était encore plus vide… un esprit… léger comme l'air, non, plus léger… le mot étrange ne conviendrait pas, mystérieux non plus. En même temps, comme tout à l'heure sur le pont, je n'y croyais pas tout à fait —, je me suis dit « toujours tu transfigures, tu n'aimes que les apparences, oui, et à présent c'est des apparitions ». Mais l'instant d'après tout m'a semblé normal, sauf que le concierge de nuit avait disparu, son grand registre, resté ouvert, abandonné sur le bureau.

Toxic loves in frozen palaces, les paroles de la chanson me poursuivaient, je passais la lourde porte en bois noir tout en hauteur que j'avais dû à grand-peine entrouvrir moi-même, descendais les quelques marches, je sentais la présence de mes fantômes et face à l'hôtel la vitrine de Chopard étincelait dans la nuit, colliers de diamants, bracelets avec animaux en pendentifs et pierres précieuses. Et un poisson aux yeux de rubis : je revoyais dans l'aquarium le Cardinal un peu bombé et qui brillait avec ses rayures. Alors soudain une image m'est venue, insistante fixe…

« Taxi !… Aux Objets Trouvés ! »

« Il n'a pas un détail particulier ?

— Ah oui, il a perdu son agrafe, il est un peu ébréché et il a quatre rainures au milieu en rectangle.

— Des rayures ?

— Non, rainures… »

L'employé s'est éloigné vers le fond de l'allée — bien que ce soit une annexe en dehors de la ville, ça avait l'air bien plus grand qu'à la rue des Morillons. Il est revenu après dix minutes. Il a défait le papier kraft et m'a tendu le stylo en laque bombé et brillant avec les rainures.

« Oui, c'est ça, c'est bien ça ! »

Pourtant je ne l'avais jamais vu en vrai, mais c'était exactement la vision que j'avais dans la tête, comme un rêve ou un souvenir ancien, depuis les derniers moments chez Davé. J'ai signé sur un registre et je suis sorti, une main dans la poche, l'ongle sur une rainure du stylo comme sur un talisman, et je me suis surpris à faire de l'autre main le geste de lancer en l'air et rattraper un dé imaginaire. J'avais dit au taxi : « Laissez tourner ! Attendez-moi ! » d'un ton assuré qui n'était pas le mien. Dans ce faubourg perdu d'au-delà des banlieues je n'allais pas m'amuser à traîner. J'avais pensé, avec mon look déglingué, coiffé à la diable, nu-pieds dans ces Mephisto en accordéon : pas bon pour moi traîner dans no man's land bordure zone ouvrière banlieusarde, non pas bon ! Vigiles et voyous se liguer ensemble contre moi.

Cela fait quatre millions d'années qu'après une lente

évolution et un difficile apprentissage l'Homme s'est enfin mis debout et a marché sur deux jambes. Ce n'est pas pour avoir aujourd'hui le spectacle d'un mec qui se traîne en oblique en tenant à peine debout. On n'aime pas voir devant nous notre passé honteux, trouble et chaotique. Et en plus le type prend des airs hautains et futiles, il fait le mariole comme s'il dansait et allait s'envoler.

— Ouais... tout ça... tu parles Charles... sous couvert de progrès, de civilisation électronique, globalisation et compagnie, on était quand même, question rapports humains, façons d'être, mentalités, revenus à l'ère glaciaire, avant le pithecanthropus erectus, y avait rien à me dire, en retournant si loin en arrière j'étais dans l'air du temps. Personne aimer voir affleurement du non-humain... alors pas rester ici Charlie... pas bon pour toi être dehors de jour... mauvais la lumière...

« Rue de Varenne ! chez le duc de Talleyrand !! »

Cette nuit, ç'avait été trop ! La tête commençait à me tourner. J'avais besoin de repos. Après avoir tiré les rideaux contre le jour qui se levait, je me suis assoupi tout habillé sur le sofa dans le petit salon attenant à mon bureau.

J'avais dû m'endormir, j'ai un peu rouvert les yeux dans la pénombre, je me suis absorbé dans la contemplation hébétée d'un long emballage blanc posé contre le mur. Le parapluie Gucci, ça faisait longtemps qu'il avait disparu. Vidé de son contenu, ce rebut inutile, des semaines, des mois que je ne me décidais pas à le jeter.

Des éraflures et déchirures laissaient apparaître par endroits le carton ondulé. Venu de loin, plusieurs fois réexpédié, et passé entre des mains anonymes et distraites de douaniers, de postières et de facteurs, il était couvert de timbres cosmopolites, tampons, étiquettes beiges, blanches, inscriptions à l'encre bleue : *via air mail*, *faire suivre en cas d'absence*, *inconnu à cette adresse*, *renvoi à l'expéditeur*. Je restais là immobile dans une méditation. À moitié dénouée, la ficelle s'enroulait encore avec désinvolture autour de cet objet, devenu plus précieux que ce qu'il contenait. Juste bon à jeter, il en acquérait une souveraineté, enveloppant de sa creuse blancheur un rien.

Était-ce d'avoir aperçu, dans mon demi-sommeil, sur une étagère de l'armoire vitrée, la rose en plastique doré et la photo de main artificielle… ou alors cette virée nocturne… car on avait tellement traîné la nuit ensemble… ou bien me fallait-il pour contrepoint, ou du moins une autre nuance, à des personnages noirs de romans aux contours toujours trop nets quelqu'un qui ne soit pas un personnage, quelqu'un d'insaisissable comme l'est chacun ? Car je voyais maintenant apparaître une démarche chaloupée, mains dans les poches d'un vieux Burberry un peu trop grand, zyeux bleus plissés, gauloise bleue au coin des lèvres. Je ne l'avais pas reconnu tout de suite… Son apparition n'était pas tout à fait une surprise : depuis le coup de revolver dans le cœur, ça faisait maintenant près d'un quart de siècle, il avait toujours été un peu présent. C'était Jean : des larmes coulaient sur son visage et il me regardait d'un air de reproche. Oui, c'est vrai, on avait beaucoup traîné ensemble à ne rien faire, ce qui s'appelle rien, et sans ces heures, ces journées dans le vide, flottement nullité temps perdu, je n'aurais sans doute pas écrit certaines lignes mais je n'avais non plus rien fait lorsqu'il avait sombré dans l'immobilisme et la détresse ! Il m'appelait souvent le soir : « Salut !... » et puis un long silence, je ne pouvais rien dire... Bon ! enfin, toujours la même histoire ! Je devais en avoir eu besoin en contrepoint à cette noirceur de 'Cadio et Troppmann : Jean sa blondeur cheveux de blé le bleu de France Douce France un p'tit clocher dans le lointain Fleur Bleue Jean de France... l'accent chantant de Narbonne ponctué par des « t'sais »... Quand même Jean, les entailles au poignet que se fait Lafcadio qui se punit d'avoir été faible, il aurait pu se les faire car, comme souvent, de ce bleu le noir n'est jamais loin... et c'est lui qui à la fin avait gagné.

J'avais probablement cru artiste de placer une rose artificielle en bois fin doré, ramassée je ne sais où, dans la prothèse de main articulée, une photo parue dans une revue médicale, j'avais arraché la page. Ce mauvais goût désinvolte était dans le ton que j'affectais alors, c'était l'époque de la robe de chambre en panne de velours parme dans le bout d'hôtel particulier où je vivais dans un faux luxe modeste et où tout m'était prétexte à manifester ma haine du naturel... Jean avait mis cet objet kitsch dans son film où le personnage de Charles, l'ami d'Alexandre, était, semblait-il, inspiré par moi. Cette espèce de collage m'avait suivi à travers mes nombreux déménagements lors desquels pourtant j'abandonnais tout, même une fois un manuscrit, derrière moi pour soi-disant me sentir plus léger et me donner l'illusion, à peu de frais (car il n'y avait aucun objet de valeur), que je brûlais, romantiquement, tous mes vaisseaux. Cette relique était donc encore sous mes yeux ce soir et, comme chaque fois, elle me rappelait Jean, évidemment — et son film mythique. Je m'aperçois en écrivant cela que je lui donne ces contours trop nets et définitifs… il y manque le filé de la vie : c'est que, une fois disparus, nos amis se figent et deviennent peu à peu pour nous comme des personnages de roman.

Tour à tour ouvrier spécialisé, mauvais garçon à Pigalle à ses débuts à Paris, dans les bars mal famés il se faisait appeler Maurice. C'est peut-être de cette époque que lui venait le revolver. Ces contours indécis, ces changements d'identité, son profil pas très clair, le revolver, représentant la France au Festival de Cannes ! La phrase que j'avais lue un jour : « Les gens gagnent à être connus, ils y gagnent en mystère », était faite pour lui. Il cherchait le neutre, la blancheur, les habits de fantôme lui iraient bien… « Le cinéma, disait-il, c'est les frères Lumière : on fait rien, on laisse tourner, on enregistre, on laisse tourner. »

Un beau jour, il a allumé l'enregistreur à cassettes et a laissé tourner, s'est tiré une balle, ça a continué à tourner, on entend sa voix, le coup de revolver. L'enregistrement avait le dernier mot, ça devait être ça son idéal, le monde sans lui, juste son regard comme le sourire du chat d'Alice, il est là il est pas là.

Ça ressemblait à un effet spécial, un morphing, ce procédé électronique par computer utilisé dans les nouvelles images pour transformer quelqu'un en un autre sous nos yeux : comme par enchantement les larmes et l'air de reproche s'étaient effacés et son visage maintenant apaisé était doucement illuminé par ce sourire filou que je lui connaissais bien. D'un fantôme l'autre… Et de trois ! Drôle d'équipe !

Soudain est venue, une fraction de seconde, s'imposer à mon esprit, dans un flash, une image, un air de déjà-vu ou une prémonition. Il me fallait à tout prix en avoir le cœur net… « Allô ! Un taxi ! »

Depuis longtemps je ne m'étais pas changé. En sortant je me suis aperçu dans la glace : j'étais livide. Si je tombais, je me briserais en mille morceaux. En entrant dans la voiture, je les sentais autour de moi : le Voyageur et ses Ombres. Voilà, ça y est, j'y étais : le momentum ! Le rythme juste ! Time is on my side !!!

Là-bas, de l'autre côté du pont Alexandre-III, les armatures en fer poudrées de neige du Grand Palais, sa coupole de verre d'où se diffusait une lumière bleue qui se projetait sur le noir du ciel. Je passai mon ongle sur la rainure du stylo, au fond de ma poche, comme sur un talisman. Dans cet état intermédiaire, je me sentais léger. L'atmosphère pesante et morbide de ces docteurs du Mal, cette poussière rose, les mannequins de cire, s'étaient détachés de moi comme par magie. Tout était égal, c'était agréable. À travers les squelettes des arbres, j'ai aperçu les illuminations des

Champs-Élysées : j'avais oublié qu'on était à deux jours de Noël…

La rue de Ponthieu… Une porte couleur bronze, pas de numéro, pas d'enseigne. « Stop ! C'est là ! Tenez ! Gardez tout ! » Et je sautai de la voiture. À ma grande surprise je lui avais laissé un pourboire pharaonique. Ah ! maintenant ce judas !… Déclic dans l'œilleton, l'œil derrière. « Seul, ce soir ? — Accompagné !… Quatre ! Et que du beau linge ! — Où ils sont, vos amis, je ne les vois pas… ils se cachent ? ils se sont déguisés en courants d'air ?! Vous êtes trop nombreux ! Revenez quand vous serez seul ! — Laissez entrer !… » C'était Gérald, le directeur de la Maison de Jeu Bar de Nuit. « Vestiaire pour Monsieur ! — Tenez, ma canne et mon chapeau, gardez-les, j'en veux plus ! — Merci beaucoup, très aimable, Monsieur ! » Je m'éloignai, toujours la main dans la poche, avec un haussement d'épaules en écrasant mon Sumatra dans la plante verte.

Devant cette apparition intrigante, les actrices aux profonds décolletés dans le dos étaient troublées, les mannequins subjuguées, et il me semblait sur mon passage entendre, tandis qu'avec mes fantômes d'honneur j'avançais, ces infrasons électrisés quand aux genoux se décroisent se recroisent énervées les longues jambes résillées : elles ne sont pas de cire ni mes couilles en fer-blanc : j'ai ce soir la démarche souple, un rien chaloupée, de Jean, son enfantin et transparent regard un peu voyou et sa gauloise bleue, l'inhumaine indifférence de 'Cadio, c'est lui, impavide, dans quelques secondes, son fantôme, qui à travers ma main lancera les dés, plus rien n'est de moi, je suis irrésistible ! Une fille porte à l'index gauche un ovale d'onyx, c'est celle-là que je veux, nue dans sa mousseline noire qui ne tient que d'un fil. J'ai pour elle une phrase, mais je la lui garde pour plus tard, un moment plus cru tout à l'heure, c'est le fantôme de Troppmann qui par ma bouche la prononcera.

« Une margarita, comme d'hab', Monsieur ?

— Non ! Fini margarita ! Un cornet !

— Un instant, Monsieur…

— C'est ça, très bonne idée : un cornet et L'Instant !! »

Va tout ! J'étais resté debout. Je lance les dés en gardant une main dans la poche, mon bras ne m'appartient pas, ce n'est pas moi qui lance. Je le savais, j'en étais sûr ! « Onze ! » annonce le croupier. « Laisse ta mise ! » C'était la voix de Jean. « Je laisse la mise ! » Il était, à l'époque, un habitué du Cercle des Champs-Élysées, je l'accompagnais parfois, pour regarder, il y jouait, jusqu'à l'aube, l'argent de ses films. Onze !… Onze !… « Laisse porter ! » « Je laisse porter ! J'ai une chance de tous les diables ! Je lancerai les dés un million de fois ce soir ! — Gonflé le mec ! — Et avec cette touche ! — La vraie cloche ! »…… Onze ! « Je me sauve ! » Je jetai un rapide coup d'œil autour de moi dans la salle, j'ai aperçu la fille.

Je la reconnais, c'est la passante d'hier soir qui avait une démarche de danseuse mais en y regardant mieux c'est aussi celle que j'avais imaginée, ça fait longtemps, c'était à Rome dans le jardin de la villa… une esquisse rapide de mon personnage de roman. Et il y a un an, dans ma traversée de Paris avec Jim, celle que j'avais cru voir, ou plutôt deviner, mais ce n'était qu'une ombre au loin et j'avais brodé dessus pour faire bien dans mon papier pour *Libération*. J'avais écrit : un fantôme sexuel qui chantonne *Smell my Scent*, mais c'était plutôt de la frime pour les lecteurs. Au fil du temps elle s'était précisée peu à peu comme la photo qui lentement se révèle dans l'eau : quelques mots en l'air pour une fiction, ensuite une ombre, puis une silhouette derrière la radiographie de mon squelette... et maintenant elle était là, charnelle, dans cette Maison de Jeu. J'ai ramassé les liasses de billets, je les ai glissées sous ma chemise et dans mon slip : « ... couilles en or » m'avait dit Mazar, et j'ai fait quelques pas en direction de l'escalier, toujours entouré de mes fantômes d'honneur.

— Gérald, une chambre !

— Tenez, voici la clé.

La fille s'est levée, bras ballants, elle avait le regard fixe, la bouche entrouverte, un visage de somnambule, ses longues jambes tremblaient un peu, elle est entrée dans mon champ magnétique : « Ton con dans ma main comme du fumier chaud. » Ce n'étaient pas mes mots, Troppmann me les soufflait, on a disparu dans les étages.

De l'autre côté de la nuit se devine le bleu du ciel, un bleu encore noir. Les fantômes se sont évaporés. Cela fait un moment que la voiture roule dans le bruit étale doux lointain d'une machine de velours, il semble le bruit même de l'ombre. Renversé dans la banquette, à travers la vitre ornée de fleurs de givre je contemple au-dessus de moi le point lumineux qui poursuit sa ronde perpétuelle dans la voûte étoilée, je m'aperçois que je tiens le stylo près de mon visage, distraitement dans un souffle j'expire Ahhh… un fragment de laque se déboîte vers l'intérieur, glisse sur le côté, dévoile une membrane transparente Ahhh…

Composition I.G.S. Charente Photogravure.
Achevé d'imprimer
par l'Imprimerie Floch
à Mayenne, le 29 décembre 2009.
Dépôt légal : décembre 2009.
Numéro d'imprimeur : 75536.

ISBN 978-2-07-012820-4 / Imprimé en France.

172693